# 向爱则暖

## WEDDING LOVE STORY

范云鹤 /著

WUHAN UNIVERSITY PRESS
武汉大学出版社

# 推荐序
## 暖爱恒久，心有温度

2004年我刚开始从事婚庆时，婚礼只是一个花拱门、一排花球和一堆气球。那时一个5000元的单子，就已经是很大的婚礼订单。而到了2016年，百万的婚礼、千万的婚礼在业界已经不是什么传奇。婚礼可以让整个酒店的宴会厅焕然一新，无论是灯光、花艺、舞美、新人的微电影都让人感受得到婚礼的美。

婚礼从业人员很辛苦，越来越多的年轻人来到婚庆公司，都说自己有一个造美的梦想，但是最终坚持下来的寥寥无几。一个婚礼从业者要懂得新人情绪，同时还要懂得时间安排、花艺美感、灯光美感，他既是一位鉴赏家也是一位实干家，只有这样，才能完全应对一场婚礼的挑战。我一直在想是什么吸引着婚礼人留下来。

我一直觉得策划婚礼是一件造福别人的美事。后来，有一些辞去高收入高社会地位工作的职员加入到婚礼人的团队，这更加深了我的认识。我会问他们为什么，他们说："满地都是便士，我想抬头寻找星空，我想寻找幸福感。"

2012年，我的创业过程见证了中国人婚礼均价飙升的过程。人们真正富裕起来之后，婚礼也越来越豪华，越来越别出心裁，但是离婚率也在不断飙升。根据2014年东京婚礼行业国际会议发布的数据，地球上每个人平均能结2.8次婚。离婚率的飙升是否证明婚姻不幸福，这没有定论，二者也没有必然的联系，但是，这会让婚礼人开始考虑如何让人们的婚礼更具有价值。我们其实不太愿意在同一个人身上再赚取一笔婚礼费用，我们期待更加良性的婚姻状态，期待每一次婚礼都能够让两人真正铭记此生爱的永恒，至少让爱为人生恒温。

　　我们试图为降低离婚率而努力，所以每一次婚礼我们会付出更多，让它具有仪式感，让它拥有两个人真实的感触，让它拥有更多家庭的意义。Eliza（范云鹤）是一位静静聆听婚礼的执笔人，她在从业期间见证幸福、聆听爱情，然后通过文字彰显这些爱的意义。我在阅读这些故事的时候，就如同感受每一对新人最初心动的珍贵瞬间，也能感受到平素日常生活中的细水长流，她不温不火的笔触相信能够长久温暖每一位读者的心。

　　婚礼的流程可以重复，婚礼的设计可以被模仿，但婚礼的故事总是那么独一无二，每一对新人都有不同的相遇、不同的相守，不要说你自己的爱情平凡，仔细回味一下，在你漫长的成长期间，最后有一个跟你没有任何血缘关系的人却要陪你度过最长的时光，这样的结合与感情维系注定不会平凡。

　　让爱情说出自己的声音，让爱情故事的温度温暖每一个人，让婚礼人把你们爱情闪光的地方完美展示出来铭记幸福……我们所有的婚礼人，都怀着一颗珍爱幸福的心磨炼自己的技艺，摄影师拍摄着那些珍贵的时刻，花艺师展示着那些华美的氛围，宴会设计师打造每一场绝美的宴会……我们都在磨炼自己的技艺，静静做婚礼，静静感悟幸福。向阳则暖，暖爱必定恒久，心需要一种温度，让爱去暖。

愿婚礼为你带来幸福的起航，为你铭记今生爱的悸动，为你留下生命的意义！

Tina

Tina，中国金夫人集团婚庆事业部总监、中国人像摄影协会婚庆专业会主席、萝亚婚礼创始人。2004年投入婚礼事业，花了12年的时间创立了百人规模、千万业绩的大体量婚庆公司，才智女性、杰出的企业家。

　　城市中人来人往，他们在一起十年了，最终还是分开了；他们刚刚认识一个月就闪婚了；他们爱来爱去也没有任何结果；他们拥有了孩子却觉得对方不是自己人生中的最爱……

　　我一直以来都很困惑，为什么现在的年轻人选择爱情的机会多了，却越来越难相信爱。我是一名婚礼人，从业四年，见证了很多场婚礼，有动人的，有甜蜜的，有欢乐的，也有饱含泪水的，人生百味从婚礼中都可以窥见一斑。

　　爱情究竟是什么？幸福又是什么？虽然它们的定义很难用言语来概括，但是却可以通过对爱情故事的描摹呈现出来。这本书里，有些故事是真实发生的，有些故事只能呈现我所听闻的表象，但是所有的一切都能构成一幅图景——爱。

　　因为很难在每一个故事里去完全描述他们所经历的一切，所以只能通过一条主线去讲述他们的故事，去讲述那些分分合合的背后有着怎样的生活轨迹。本书的结尾故事是20世纪的故事，是我打听来的。

那是不同于现代的爱情，时空将其浓缩之后，会让人品味出爱情沉淀的味道。每一个时代都不一样，但是无论哪个时代，爱情都与生活密不可分，有了生活，爱才有厚度。

并不是每一场婚礼都会有浪漫的爱情故事作为最坚实的基础，但是每一场婚礼都会开启一段爱，无论另一半是你主动选择的还是你被动接受的，今后的时光里，另一半都会是你生活中朝夕相处的那个人。

当前离婚率急剧上升，人们对于婚姻已经不像过去那么看重。人们总会很轻易地说"如果不合适，那就离了再找"，抱着这种心态在人海中寻觅却最终迷失的人不在少数，到最后就会有一种结论——爱不那么重要。

我曾经试图寻觅爱情，在进入婚礼行业见证了很多场爱情之后，我渐渐感受到了爱情的多个面：爱真的与缘分不可分割，爱真的跟家庭难以分离……爱，有的时候是追逐，有的时候是恰如其分的等待；爱，有的时候是跨越时空的沉淀，有的时候是瞬间迸发的诺言……有奇妙到难以置信的时刻，也有平凡到甘之如饴的日子……记忆中的这些故事帮我诠释着爱，诠释着幸福。我从自己从业期间的见闻，选择了13个故事来诠释我所认为的"暖爱"。"13"在西方世界中是一个颇具争议的数字，但是在中国佛教文化中，"13"寓示着"大吉与功德圆满"。《悉达多》中有一种意念，万事万物都是圆融统一，人总会回归到起点，融入永恒之中，爱亦如此，人在修行，爱也需要修行，愿暖爱圆满。向爱则暖，愿每一位新娘都拥有暖爱。

范云鹤

向爱则暖

向 爱 则 暖

# {01}
## 听闻彼此爱的心意，才守得住爱情

　　争吵是这个城市每天都在上演的戏码，因为"我不爱你"，因为"我爱他"，因为"你不懂我"……那个与你没有任何血缘关系的人，在怎样的情况下才会与你产生心灵相通的感受？他或她又如何懂得你心里的爱与不爱？

　　最好的办法便是专注与聆听。一对异地恋爱八年的新人教会我——"爱情需要专注和聆听"。

♂ — ♀

　　孟文智一点都没有书生样，他是一名退役的海军，与俞涵雪青梅竹马。他们一起来我们婚庆公司的时候，孟文智步子很均匀，站姿笔挺，虽然没有穿军装，但是一眼就能看出军人的风范。他们进来店里，俞涵雪拽着老公就在沙发上坐下了。

俞涵雪是典型的南方小家碧玉型，是一名小学老师。她多数的时间都在跟孩子打交道，说话慢条斯理、文雅有度。我们给她看各种婚礼照片的时候，她对粉色、星空、满天星等很多浪漫的事物有所期待。坐在身旁的孟文智显得比较沉默，偶尔在涵雪让他发表看法的时候聊上几句。

　　"俞小姐性格那么开朗大方，先生又体贴，两人婚礼主题靠近愉悦方面如何？"我问道。

　　"其实我们从一出生就认识了，后来异地恋8年，感情不是一帆风顺。最绝望的时候，我们两个觉得连吵架都很奢侈。"俞涵雪不慌不忙讲起自己的想法。

　　"这样啊，那俞小姐觉得两人最终走到一起的原因是什么呢？"

　　"我们有耐心聆听对方的心，尤其是他一直专注于这份爱。"俞涵雪想了想，然后慢慢地说，"因为距离很远，所以如果不是他有耐心的话，8年的时间很容易就分开了。8年间他只要一有时间就给我打电话，听我讲话。在电话中听懂对方的心很重要，这是我们的秘密武器。"俞涵雪说完自己倒是乐了，孟文智看着俞涵雪的后脑勺也笑了。

　　"这样说来，'闻心'二字很适合你们，听闻彼此爱的心意。"

　　"这个不错，老公你觉得呢？"

　　"嗯，蛮喜欢的。"

　　"请问婚礼流程中有一些地方可以阐述我们的爱情吗？我觉得一路走来很不容易，想在婚礼现场留下过去的记忆。"俞小姐很慎重地问。

　　"当然可以，愿闻其详。"我冷静回答。

俞涵雪看看孟文智，见孟文智点头后，便对我们讲起了两个人青梅竹马的爱情故事。

♂ 二 ♀

俞涵雪家距离孟文智家不过两户人家的距离，俞涵雪站在自己家屋顶就可以看到孟文智家的院子。俞家父亲和孟家父亲是好朋友，二人很默契，结婚只是相差几天，又几乎在同一时间怀上孩子。俞父开玩笑地说："如果你家是儿子，我家是女儿，咱两家就结亲家。"就这样俞涵雪、孟文智都还没有出生就被定了娃娃亲。

那一年初雪的时候，俞家最先有了动静，俞妈妈待产，连续痛了两天，孩子还没有出来。孟家待产，第二天就诞下一个小子。孟家爷爷常说："不要让孩子五大三粗的，让他聪慧一些吧，就叫文智。"但没料想这个小子更擅长武略，后来成为一位杰出的海军军官。第三天俞妈妈经历两次昏厥后终于生下了一个女婴，她出生的时候雪花飘得异常美丽，俞家请孟家爷爷帮忙想一个名字，孟爷爷是这个镇上唯一一个念过旧时学堂的博学老人。他看着窗外飞舞的白雪，提笔在宣纸上写了"涵雪"二字，他念叨："云雪涵润，惠泽万物，女孩子名字中多一些柔美，福泽会多些，就叫涵雪吧！"就这样本来预计先出生的俞涵雪晚了一天出生，她成为孟文智结了娃娃亲的妹妹。

孟文智跟他爷爷料想的完全不一样，平时不怎么爱说话，一点都不喜欢文字，也不喜欢读书，更不喜欢笔墨纸砚。他从小喜欢跟着小伙伴到处跑，喜欢爸妈给他买刀，买枪，时不时学着电视机里的黄飞鸿。孟爷爷后悔了，说："当初应该给这小子取名尚武，这样也许他就反着来了。"

孟爷爷倒是与俞涵雪相处甚欢，从小就教涵雪读诗、练字，时不时还带她去街道上走走，买水果、糖果给她吃。孟文智不太开心，每次涵雪来家里，他总要揪一下她的羊角辫或者抢她的糖果吃。但是如果外面的小朋友也像他这样做，他就会凶对方："不准欺负我媳妇！"

两人小学在同一个学校不同班级，孟文智在学校看见俞涵雪就装作没看见，也不会跟她说什么话。但是如果遇见她在打扫教室或者她在搬书，他就主动去帮忙了。别人问涵雪这个男孩是谁，俞涵雪就说："我的一个哥哥。"

他们不会约着下课一起回家，但是因为同一条路，孟文智总是尾随着俞涵雪走，有的时候调皮，就在快到家之前跑过去揪她的头发，然后跑掉；或者突然吓唬她，让她大叫起来。总之，在那些日子里，涵雪总觉得文智是个大坏蛋，阴魂不散地欺负她。

有一天放学的时候突然下起了倾盆大雨，涵雪一边用手护着手里刚弄好的小盆栽，一边沿着有屋檐的店铺门口走，正当她小心翼翼地想跨过一条水沟的时候，文智在后面突然吼了一句，吓得她把盆栽掉水沟里。文智正哈哈大笑地享受自己恶作剧的时候，涵雪转过脸来看着他，一边哭一边说："孟文智，你这个大坏蛋！"说完后在大雨里跑回了家。

孟文智突然间觉得自己好像做错了什么，虽然之前也总是恶作剧，但俞涵雪从来都只是对他翻白眼，这一次俞涵雪却哭了。站在雨中的他开始焦虑起来，回到家后，他有些躲闪且羞怯地问妈妈：

"妈，那个……涵雪哭了，哭着就跑回去了。"

"啊，你怎么欺负她了？"孟文智的妈妈问。

"没啊，就像往常一样，吓唬她而已。她自己松手把盆栽弄掉了，然后就稀里哗啦哭着跑了！"

"孟文智，你怎么可以这样？她是女孩子，不要天天吓唬她，喜欢她要照顾她，不是用吓唬对方来提醒别人注意你。我的傻儿子。"

"谁喜欢她了，她丑死了！"

孟文智的妈妈笑了，然后说："去俞家道歉去，我陪你。"

"不去。"孟文智扭头回到自己的房间，关在里面好半天没有出来，他觉得这次恶作剧不好玩，心里有点烦躁。

后来每次在学校遇见俞涵雪，他想跟她说话，但又有些胆怯。俞涵雪就当作完全不认识这个人。那次之后，孟文智再也不敢吓唬她，或者揪她的头发了，只是静静地看着她。这也是孟文智第一次觉得心里有点涩涩的。


有一次他跟着母亲逛街的时候看见一位伯伯用拖车载着很多盆栽在出售，他站在摊子前仔细看。文智妈妈拍了拍他的背问："看什么呢？"

"我在找跟涵雪盆栽一模一样的植物。"文智很认真地说。

"找到没有？"

"这个有点像。"

"好，我们先买下这个，我带你当面道歉，把这个盆栽还给涵雪。"

文智本来不太情愿去见涵雪，但是在妈妈的坚持下，他被拽进了俞家大院。涵雪正在院子里跳皮筋，文智妈妈走过去摸摸她的头笑着说："我带那个坏蛋来给你道歉了。"

"对不起！"快速说完，文智就把盆栽塞进涵雪的手里，然后躲到妈妈的背后。

文智妈妈说："原谅他吧，他反省了很久。"

"谢谢文智妈妈。"涵雪抱着盆栽很开心地说，但仍然不理文智。

文智从妈妈身后露出半个头来，偷偷地观察涵雪的表情。他看见涵雪开心地笑了，心里也乐滋滋的。后来，涵雪不再对文智冷漠，但两人还是不说话，文智也不再欺负她。时间过得很快，转眼就上初中了，少男少女开始有了悸动的心情，而他们两个也意外地分到了同一个班。

文智仍然对学习没有任何兴趣，而涵雪是班上的好学生，所以老师让她跟文智同桌以便涵雪辅导他，让他不要拖班级的后腿。

虽然班上还有许多好看的女孩子，但是文智却发现自己总是爱关注涵雪，一想到涵雪在自己身边就会觉得很开心。偶尔，他会看着涵雪发呆，看累了就伏在桌子上睡觉，或者藏在课本下面偷看武侠小说。他对成绩丝毫不在意，倒是很在意涵雪对待自己的态度。他一次都没有吓唬过她，因为他心里想着要对涵雪温柔一些。不过，为了引起涵雪的注意，他还是会拿一些小事逗涵雪，比如三八线的划分。

涵雪非常嫌弃不认真学习、还经常不正经的文智，但是，如果老师要惩罚文智，她又不自主地去求情，还把自己的笔记借给他复习。每当这个时候，他就会趴在桌子上说："小媳妇，你好乖！"

涵雪瞪着他："孟文智，你正经点，谁是你媳妇？"

孟文智厚脸皮地笑着说："嘿嘿，爷爷说你是我媳妇。"

涵雪每次听到这句话，总会害羞得涨红了脸，为了报复孟文智，她总会用铅笔戳他一下。孟文智捂着手仍然笑得很灿烂。


某天，孟文智跟涵雪说："俞涵雪，下了晚自习等着我，你一个人回家不安全。"

"你不上晚自习吗？你又要乱跑什么？"

"你管我！我想去哪儿就去哪儿……"

下了晚自习，涵雪从门口随着人群涌出来，文智跨在自行车上看见她大叫："喂，俞涵雪，这边！"

涵雪瞪了他一眼，然后走过来说："晚自习的时候，老师来过了，他问你去哪里了，我说洗手间，你害得我好紧张，而且还撒谎……我……"

话还没有说完，文智就把白色的小海豹玩偶放到她的面前，说："看，我可是跑了好几个地方才找到的，喜欢吗？"

"好喜欢，你怎么知道我喜欢这个？"

"有一次你对着画报在那里嘀嘀咕咕，眼珠子都不肯移开，傻子都看出来你喜欢这个玩偶了。坐上车，我载你回家。"

涵雪跳上车，抓着孟文智的衣服，孟文智拉着她一只手抱住自己的腰："要这样，坐好，回家咯！"

涵雪不好意思地抱着文智的腰和小玩偶，感觉非常开心，她问："你送我这个为啥啊？"

"后天是你的生日啊！"

"你怎么知道？"

"我比你早出生一天，这个所有人都知道。"

"哦，谢谢。"涵雪很开心地搂着文智，这还是第一次与他这么近距离地接触，感觉很安逸。

从那天开始，文智每天早上都等着她一起去上学，晚上再送她回家。虽然还没有表白，没有真的谈恋爱，他却觉得涵雪就像自己的私有物件——"她是我的"的感觉让文智觉得自己像个男人。

慢慢地，他渐渐牵起她的手，她也没有拒绝。再后来，他会带着她走过晴朗的街道、穿过有月光的巷子、欣赏有萤火虫的草地……

中学的日子里，涵雪为了高考一直忙着，而文智却不慌不忙，他专心地照顾涵雪的生活，从来不让家人过问自己的学业。孟爷爷、孟伯伯、文智的妈妈都已经绝望了，最后决定让文智毕业后去参军。他实在不喜欢学习，喜欢舞刀弄枪就让他去见见真枪实弹吧。

备战高考前夕，涵雪忙着开夜车学习，文智就煮不太美味的鸡汤给她喝，早上打电话催她起床，晚上再帮涵雪拿复习资料回家。那阵子，涵雪的压力极大，倒是很羡慕文智淡然的态度。

高考结束后，他们两人的关系越来越好，家里人都希望他们可以顺顺利利地结婚。在孟家人看来，孟文智学习极差，从小挨了那么多打都没有长进，唯独照顾涵雪这件事，他做得极好，孟爷爷说："会齐家也是一种成长方式，让他去军营再锻炼一下，就是硬铮铮的男子汉。"

高考结果出来后，大家大吃一惊，涵雪落榜了，而且成绩也没比文智好多少。涵雪在文智的怀里哭得一塌糊涂，文智说："没什么好哭的，再考一次就行了！"

"还有你很快就要走了啊……"

"我以为你是为落榜哭成这个样子，好啦，我到军营里会常常给你打电话的。"

"天天打，不许赖皮！"

"Yes, Madam！"

"我哪有那么老！"

"嗯，你不会老，不会老，希望我回来的时候，你还是这个样子！"

"早点回来。"

"回来要娶你的，不敢晚了，怕你跑了！"


## ♂ 三 ♀


后来，孟文智成为了一名海军新兵，他觉得自己处于人生的巅峰。第一次亲眼看见军舰的时候他感觉心里有个人在呐喊，当天晚上他很兴奋地给涵雪打电话，一直在说话，涵雪在电话那端听得出他不可抑制的喜悦。涵雪很替他开心，但是那个时刻她只能静静地听，白天她收到了父亲的病情诊断书，她实在不想在这个时候对着文智哭。好在文智讲完新兵了一整天的生活后，没有再询问涵雪的情况。

文智躺在床上想着有一天出海，能够威风凛凛，而此时涵雪躺在床上难以入眠，她还没有工作，也没有能力照顾爸爸妈妈。爸爸这一病家里就更加困难了，看着黑漆漆的天花板，她不知道该如何是好，就这样躺了一整夜。

孟文智的军营生活第一次激起了他的斗志，他不再像以往那样对任何事情都无所谓。他非常主动地参与军队的各种活动，积极融入群体，对自己严格要求。他就像久旱逢甘露，英雄终于找到用武之地一般，内心充满了喜悦。

闲暇的时候，除了把自己的被子晒好之外，他还帮其他人晒被子，日光下，常常看到一个高高帅帅的小伙站在岸边，拍打栅栏上的被子。被子要叠成豆腐块，他总是很精心地调整每一个角，最初，他得用一个小时折腾每一条线，每一个折角，后来渐渐地越来越快。如果是读高中的时候，让他做几何题，那他恐怕10分钟没到就已经不耐烦了。


孟文智经常出海，一出海就好几天没有信号。涵雪父亲去世的时候，她第一时间就给他打电话，但是始终联系不上。

孟文智出海回到港口给家里打了电话，才知道涵雪家的事情，他立刻拨通了涵雪的电话："你怎么之前没有跟我说？"

"我每次给你打电话都想说这件事，可是你要么很疲倦，要么很兴奋，我都不愿意打搅你的心情。本来我爸爸去世的时候，我特别想找到你，但是你出海了没有信号……"

"抱歉，在你最需要我的时候，我没能在你身边。"文智沉默了，他觉得从军是他这辈子最幸福的事，但是因为军人的特殊性，他没办法照顾家人，也没办法照顾涵雪。一边是最大的幸福感来源，一边是心底深处的牵挂，两种力量拉扯着他。文智只有赶快让自己在军队中优秀起来，才能有更大的能量去照顾他们。

文智说："雪，你撑住，我会早点回到你身边！"

这句话让涵雪有了动力，她再一次备战高考，这一次她丝毫不紧张了，从考场出来的时候，她觉得一身轻松。

"接下来你好好休息，你想去哪里放松？"文智在电话那头说。

"我好想来看你，不知道你生活得怎么样？"

"有苦有甜。跟你讲一个很有意思的事情，军舰在海中行驶的时候，总会看见海鸥也随着军舰飞翔，也不知道为什么。我想，要是你看见这一幕一定会大叫起来，可惜你不在身边……"最后两人只能以沉默结束了这一次谈话，两个人都懂得对方的沉默，彼此只能在心里默念时光快些，好让分开的人早些相聚。


四年的时间，涵雪从一位柔弱的少女变成了得体的教师。而此时，文智已经离开家乡五年了。涵雪的妈妈看她一个人撑了这么久，便劝涵雪考虑一下身边的追求者。涵雪的妈妈觉得，等待一个未知的人，太痛苦。可是，涵雪仍然希望等待文智回来。

这些年，涵雪都是一个人照顾妈妈。偶尔回故乡照顾孟文智一家，还时不时地给文智寄物品。她对文智的思念和担心都只能深深地埋藏在心底。

第六年的春节，文智终于有了回家探亲的机会。他非常兴奋地在电话里对着涵雪大声讲："春节，我要回来亲你！"

涵雪哭着应了一声，眼泪在脸上已经肆无忌惮地流了。文智不知道涵雪等这一刻等了多久，她每天都会心心念念——如果文智回来该多好。

因为孟文智要回来的缘故，孟爷爷邀请涵雪和妈妈一起过年。她们早早来到孟家，提前准备好各种年货，忙忙碌碌，但是涵雪心中是雀跃的。唯一节省出来的时间，她到商场买了一件衣服，在镜子面前看着自己的脸庞，用手揉着脸蛋，这一刻她才发现好久都没有好好爱护自己了，没在意自己的妆容，没在意自己的穿衣，甚至都没有在意过购物……一直都是忙于各种事情，这一次她想要漂亮地出现在阔别六年的文智面前。她精心准备着，她们开始倒计时，只有一天了，涵雪心里按捺不住激动，她随时都在听着有没有电话或者门口有来访者。

然而，孟文智这边却出了状况。文智打好行囊准备回家，老赵走进来拍着文智的肩膀说："兄弟，我母亲突然心肌梗塞住院了，本来这个年该我守船，但是家里实在没有人可以照顾，能不能咱俩换换？"

文智看着老赵焦虑的表情，虽然很难割舍与家里人见面的机会，但他还是答应了老赵。就在回家前一天，他又留在了军舰上。

他有些紧张地拨通了家里的电话，对面传来老爸洪亮的声音："儿子，你是不是要出发啦！还是你都到了？"

"爸，没有，这个春节临时遇见换班，我回不来了。"

"啊……怎么这样呢？有没有其他人可以帮忙？"

"爸，我是队里最年轻的，没有家庭负担，只好让我来值班了。"

"儿子……你就不可以跟你们领导说说吗？"文智妈妈一边哭着一边说。

涵雪听到电话兴奋地站了起来，听到这样的消息又坐下了，心里五味杂陈。

"雪儿，来，文智找你。"文智爸爸说。

涵雪起身走过去接过电话，她以为还能成熟冷静地说话，拿起电话的一瞬间却泣不成声了……

"雪儿，你别哭，我……我实在……没有办法，你再等等我。"

"第六年了，你知道我有多想你吗？"

"我好想在你身边……雪儿你别这样……我心里好难受……"

"说好了要回来的……怎么可以这样？"

"雪儿，你要懂我的心。"

"我不懂，我也不想懂……"说着涵雪放下电话。

"雪儿，你听我说……雪儿。"文智一直着急地叫着她，可是，涵雪已经跑远了。

涵雪期待了很多天的见面就这样不了了之，她跑到门口靠在柱子上，眼泪不断。她心头在呼唤："我累了，我好累……"

涵雪妈妈追出来说："雪儿，没事的。他明年还可以回来，外面冷，进去吧！"

"妈，我实在受不了了，我好累，分手吧……"说完，她抱着母亲哭了起来。

那个雪夜过后，涵雪再也没有接文智的电话，她想分手了，想重新开始自己的生活，不想被生活推着走，想要自己能够看得到的未来。

文智整整打了两个月的电话，涵雪都没有接。文智懂得了涵雪的意思，便不再给涵雪打电话了。两个人的关系从最亲密变成了最疏离。

## ♂ 四 ♀

几个月后，涵雪终于接受了一位同事的追求，开始了新的恋爱。但是对方总感觉走不进涵雪的心，有一次问起涵雪："你最想看什么风景？"

涵雪没多想就说："军舰后面成群飞着的海鸥……"话音刚落，涵雪就发现自己说错话了，那个男生静静地说："你还是没有忘记他吧？其实我觉得有时候，想忘记才是深爱的证据。"

涵雪只好坦诚地说："他不在的日子，命运的磨难像洪水一样袭来，我都自己熬过来了，不知道在他身上还能等待什么？"

"其实跟你交往这段日子，你算最不负责任的伴侣，我想要投诉你总是心不在焉，但是……或许早点认识你，会好些。"新男友耸了耸肩。

"是吗？我还以为我开始了新生活，实在抱歉。谢谢你的体谅。看来，我又失恋了！"

"我陪你一起失恋啊。临走前，我想对你说，勇敢面对自己的心，不要因为看不到未来就畏惧。"说完，他起身走了。

涵雪坐在位子上，冷静地想了很久，她还是没有打电话联系文智。

有一天，她刚拿起电话犹豫要不要打给文智，突然接到了孟爸爸的电话："爷爷去世了，雪儿你回来看看吧。"

涵雪应了一声，心情一下子变得十分失落。回家的路上，她回忆着孟爷爷带她买糖果、带她穿梭街道、教她学习书法的情景。孟爷爷曾经用拐杖打着文智，然后念叨："怎么不好好学学涵雪？"孟爷爷曾经一只手牵着她，另一只手牵着文智，说着未来会如何。在与爷爷有关的记忆里，文智一直都在……

她一进孟家的门，披麻戴孝的文智便抬起头看着她，两人目光交错，竟愣愣地看了很久。故人重逢竟然不知道该如何开口。

"你来了？好久不见。"文智轻声地说。

"是啊，你还好吗？"

"爷爷去世了，就回来照料几天……"

"嗯，你什么时候回去？"

"后天清晨就走，部队还有事，来去都很仓促。"

"哦……"

"我们出去走走吧！"

"好啊。"

涵雪看着身边这个黝黑却挺拔的男人，感到有些陌生。他迈着坚毅的步子，不再是七年前那个捣蛋的小伙子。完全脱离了稚嫩的文智看起来很果敢，大步往前迈，只留下长长的影子在地上。涵雪快要跟不上的时候，大叫了一声："孟文智，走慢点！"

孟文智因为军队点名的习惯，一听见自己的全名，下意识地站得笔挺快速回答："到！"

涵雪被逗笑了，"你干吗呢？到什么到？"

孟文智回头看着她说："你终于笑了。那么久你都不肯理我，你终于笑了。"

涵雪低下头不肯说话，孟文智继续说："你怎么可以丢下我，明年我就回来了，八年修完，我就回来。每一天我都在倒数，我好希望时光快一点，让我可以早点守在你身边，你怎么可以说不理人就不理人……"

"我实在太累……那时的我很懦弱，就像被命运推着走，难以呼吸。我完全不知道我们的未来是什么，坚持有什么意义。我本来期待你回来，给我安慰，你像是我最后的救命稻草，但是你竟然没有回来，所以……"

"我懂得你的感受，可是我的心一直在你这里，你是否听得到？"

"其实……我……"涵雪想说其实自己心里一直只有他，但是一紧张却说不出来了。孟文智看着她吞吞吐吐的样子，一下就把她揽过来，抱在怀里，说："不许你离开！你还没有陪我看过海鸥！"成熟的孟文智那一刻竟然像个要糖果的小孩子对着涵雪撒娇，让涵雪心里一阵暖洋洋。涵雪抚着他的背，轻轻地说："我其实……好想你。"

虽然时至今日再回顾往昔，两个人的争吵显得那么微不足道，甚至有些莫名其妙。但在当时，那种恐惧、悲伤、愤怒仍然没有办法忘记。

## ♂五♀

两人和好之后，文智还有最后一年的军旅生活。他想起涵雪不理自己的日子，甚至觉得能吵上一架都觉得幸福。如今，涵雪回到了自己的身边，他下定决心要让涵雪快乐。他用手机拍了海鸥追随军舰的视频，拍了夕阳晕染海面的视频，也拍了一群海豚追逐军舰的视频……部队一靠岸，他就连上网络给涵雪发过去。话语、视频、照片……凡是能够帮助他表达心意的他都用上了。

伴随着快要退役回家乡的喜悦，他开始筹备自己的求婚。他找来军队中最好的哥们，为自己出谋划策。

涵雪在一个夜晚又收到孟文智的视频，一开始是孟文智对着屏幕说："雪儿，我们从出生就认识了，可惜已经八年没在你身边了。我最大的遗憾就是这八年没在你身边，我想让你知道，我的心一直在你身边。你看……"

视频里传来吉他的声音，四个男生开始齐声唱起《军港之夜》。涵雪看着视频里的大海、日出、日落、港湾的月亮、晒被子的文智、穿着海军服装的士兵们……伴随着音乐的高潮，舰队所有的士兵们集合成为一个方阵，他们穿着不同样式的衣服，身着海魂衫的士兵站着，身着水兵服的士兵蹲下，就在一瞬间，涵雪看到了"love"，伴着整个方阵唱着《军港之夜》，文智的形象越来越清晰，他单膝下跪："涵雪，你是我一出生就认识的女人，也是我一直追求的女人，有你我的世界才完整，你愿意嫁给我吗？"

看完这个视频，涵雪心里涌动着暖流。这时手机响了，她接起电话，文智在那头大吼："涵雪你看完了吧，愿意嫁给我吗？"

涵雪哭着大声对着手机喊："傻瓜，我愿意！"

涵雪听到电话那端传来男生集体的欢呼声，伴随着敲盆、敲床的喧闹声，军舰上一片沸腾，涵雪在这头笑得幸福极了。

本来坐在一旁不太讲话的文智，听到涵雪给我们讲起这段，兴奋起来，插话道："你们知道吗？当时那首歌我们练习了好久，最后在港口排练的时候，小镇上的女孩们都被震撼了，我觉得这个肯定能够打动你，也可以表达我的心意。"

　　"如果不是你前面的话，我不一定为你所动，你欠我八年的时光，怎么可以就那么轻易饶了你？"

　　"得得得，现在终身囚禁，被爱捆绑，可以了吧！"文智说完，憨厚地笑了起来。


　　八年都没有机会牵手，两人却可以凭着对彼此的信任一路走来，实属不易。文智八年间持续给涵雪打电话，除了中间的小插曲，从来都不曾中断过，就是这份专注才让两人牢牢握住感情，电话成为聆听彼此心里爱意的媒介。物质会变，安全感会变，距离也一直那么遥远，唯独他的心一直驻扎在她身上，远在海角天涯的他只能枕着她的梦才能睡着，她只能想着有他的未来才能坚持下去，这份专注让所有人都动容。

　　举办婚礼的时候，孟文智穿着自己的军装，站在两人指纹构成的背景前等待着自己的新娘。俞涵雪穿着白色的婚纱，白色的鲜花盘成的发髻让她美丽动人，她就站在通道末端等待着孟文智过来接她。孟文智在音乐声中大步走过去，牵起涵雪的手在婚礼进行曲的音乐中，两人朝着幸福的生活走去。

　　愿意聆听彼此的心，才能听到时光流逝中错过的关爱；愿意聆听彼此的心，才懂得那些无言眼泪背后的艰难；愿意聆听彼此的心，才能懂得两个人专注的相爱。"闻心"让两个人在分开的八年间还能维系情感，专注让这一份爱情获得了圆满。爱不用多么惊天动地的誓言，爱也不需要多么伟大的付出，爱其实只需要专注两个人的心，仔细聆听对方的心意，不离不弃，携手前行。

# ｛02｝
## 我就不相信，我们两个在一起会不幸福

　　有时候一个人出现在你的生命里，最开始与她相处的时候感觉索然无味，后来她却能成为你生命里很重要的一个人，让你触及生命的百转千回与恬淡美好。惠茹就是这样一个人，她和他的爱情让人回味良久。他们的爱情经历了青梅竹马的校园时光后，又辗转了四座城市。面对这十多年的风风雨雨，她一直坚信，只有两个人在一起才是幸福的。为爱情，她赌上了人生。她的婚礼让人印象深刻，在婚礼中她是勇敢且深情的新娘。

♂ 一 ♀

　　作为朋友，能够为闺蜜筹备婚礼是一件特别幸运的事，又因为当地资源有限，时间很仓促，她的婚礼筹备得非常草率，加之婚礼现场混乱又甜馨，让我对她的婚礼印象深刻。

她选择了一件蓬蓬纱的公主裙当作婚纱,公主裙是她一直以来的梦想。她出生在北方的一个大家庭中,因为是家里的长女,所以没被当作公主对待过。这一袭婚纱算是圆了她的一个公主梦。结婚那天,化妆师为她盘起了头发,她露出纤细的下巴、洁白的脖颈,看着镜子中的自己,红润的脸颊上就露出了幸福的微笑。

　　惠茹的婚礼是北方传统的婚礼,宴会厅运用白色的帷幔、白色的誓言台、镜面通道、一个简洁的花棚。她喜欢红玫瑰,所以安排工作人员在通道两边放了非常多的红玫瑰,让原来素净的婚礼布置多了几分娇媚。

　　婚礼在一个不太宽敞却很明亮的酒楼宴会厅里举行,这个宴会厅方正朴素,没有绚丽的水晶灯,没有灯光音效设施,只有一排落地透亮的窗子。那天的仪式是在北方自然的阳光中举行的。

　　没有一个新娘会缺席婚礼前一天的彩排,但惠茹却拒绝了婚礼彩排。她说:"我不用去彩排,你说一遍我就记得了,我要在家里写婚前感悟,一生只有一次。"

　　其实,惠茹的记忆力并不好,但看她如此坚持,我只好作罢。我带着新郎罗嘉乐和他的母亲去了酒楼。罗嘉乐是典型的北方男孩,因为他憨态可掬、笑容温暖,大家常常称呼他熊哥哥。虽然惠茹没有进行彩排,但是她仿若胸有成竹,前一天晚上毫不紧张地入睡了。

　　第二天仪式正式开始,进行到交接的环节,惠茹没有等着新郎过来,站在通道末端的她,一个人就朝着舞台走过去了,在音乐声中大步大步往前走。面对此情此景,主持人哑口无言,只能看着她自己一个人走完通道。

新郎站在舞台上，一直摇晃着手，提醒她待会儿再走过来。而她却有些不太清楚新郎的意思，仍然微笑着朝他走过去了。没有父亲的陪伴，没有新郎的下跪，她就这样朝着自己的爱情和幸福奔过去了。

人在紧张的时候往往会方寸大乱，而恰是这个时候才能体现最真实的自己。感情肆意的时候，才会说出最真实的爱。"我就是要朝着你，奔着幸福而去"，这一直是她对爱情的姿态。

这一切倒成了婚礼最有趣的一幕，所有人都惊讶地看着新娘一股脑儿朝着新郎奔去，没有结婚进行曲，没有主持人唯美的旁白，只有她自己。在洒满秋天清澈阳光的宴会厅里，朝着爱情奔过去了。

最后，多数人已经忍俊不禁，她才反应过来，张大嘴巴——"啊"了一声，随后用右手捂住了嘴巴，呆呆地看着新郎。罗嘉乐牵起她的手，乐呵呵地看着她，也没有说话。这时主持人终于出声了："真是一对璧人，看来新娘眼中果然只有新郎，一切还未就绪，已经迫不及待地朝着幸福的方向奔去了。接下来，我们有请新郎发表感言，在这个特殊的日子里，他对幸福想说些什么呢？"

罗嘉乐接过话筒大方地说："今天聚在这里很难得，我要感谢我的岳父岳母，在经历了那么多之后依然选择信任我。二位把惠茹托付给我，我一定会好好待她。我要感谢我的母亲，她一个人撑起了整个家，曾经我有过迷茫和逃避，但是，妈，请相信我，我长大了，会承担起家庭的责任。最后，我最想感谢的人是站在身边的她，我的妻子惠茹，你曾经承担两个人成长的重量，那时你爱得那么彻底、那么费力、那么用心，如果没有你，我走不过那段时光，因为你，我才相信爱。"

罗嘉乐深情地说完这段话，惠茹眼眶中早已饱含泪水。这是她青春的一场豪赌，赌上了所有的人生，只为爱情。

## ♂二♀

搬进大学宿舍的第一天，我认识了惠茹。她是一个很独立的女孩子，自己一个人搬着很重的行李，往返楼上楼下好几次，等到全部运输完了之后，她又马不停蹄地开始收拾整理自己的物品。

在我的眼里，惠茹还是朴素且安静的女孩子，穿着枣红色的外套，扎着蓬松的马尾。待她收拾完毕之后，她拿起手机拨通了电话，用很轻柔的普通话和对方沟通，我们猜想她是在给男友打电话。

大学宿舍的成员们性格各异。来自城市的美女喜欢和帅哥交往，整日吃喝玩乐；来自宁静乡村的淑女喜欢和知己聊读书和回忆过去；来自各地的拔尖学霸则做梦都会梦见奖学金……惠茹，好像不属于任何一个群体。

晚上，宿舍里的六个人开始了大学第一次卧聊。来自大城市的芳芳开朗大方，自然成了话题的主导者。大家热火朝天聊男友的时候，芳芳突然问起惠茹："你有男朋友吗？"

惠茹支支吾吾地说："我……家……朋友，没在这边。"

说完后，她就躲到被子里去了，惹得寝室的人都乐了。

"哎哟，你居然脸红了。"开朗的芳芳笑着说。

她闷在被子里回复说："没有脸红。"

此后，少女情怀的惠茹每次被问到男朋友的时候都很羞涩。她很珍惜这一份爱情，宿舍关灯后，她常常会在厕所打电话——这样可以避免干扰室友，也相对私密。9月入学的时候，倒也不错。但是转眼11月了，夜晚非常寒冷，她依旧在厕所给男朋友打电话。有一次仔细聊起来，才知道他们是彼此的初恋。

罗嘉乐，人如其名，每个见到他的人都会看到他的微笑。惠茹和罗嘉乐是高中同学，高中时代的罗嘉乐是出类拔萃的理科学霸，惠茹是文科班尖子生。两人在学校周末培训班上相识，互有好感。

高中的时候，因为功课忙碌，他们成为了笔友，三年间只书信往来。纯粹的心灵沟通和交流成为爱情的开始，在信中他们谈论着天南海北，却从来没有提及感情和倾慕。两个人的交流如同在海天之间悠闲荡舟，划过点点星光，人间四时的美丽只是默契的天幕背景。

一切开始得太完美，让后来的现实显得略微残忍。高中毕业之后，他去了北京，她来到武汉。最初的日子，两人通过电话维持异地恋。大学的憧憬、未来的梦想、独立成长的尝试，都让他们觉得很兴奋。

每一次打完电话，根据她是否哼歌就知道当晚两人是否聊得愉快。大一快结束的时候，她打电话的次数明显少了，而且不再哼歌了，时常一个人拿着课本发呆，就连论文她都差点忘记交了。我问起她为什么那么心不在焉，才知道她的男友罗嘉乐进入大学之后不是很能适应当时的环境，她非常担心。原来是众人瞩目的学霸，进入大学后，身边每个人都是当地的学霸，一时间竟然没有了原来的优越感，罗嘉乐陷入了深深的自卑和无法喘息的忙碌中。

他学习建筑专业，需要一些绘画功底，但是他不太擅长绘画，甚至还闭关学习了一阵子，却依然达不到自己的要求。新学年功课不顺利，数学还挂了科，罗嘉乐的母亲听到他数学挂科，一怒之下，连夜从家乡开着车来到罗嘉乐的学校。

罗嘉乐的家学很严谨，妈妈、小姨、舅舅都是名校毕业，在各行各业功成名就。嘉乐的妈妈和父亲离婚之后，更是凭借自己的力量将罗嘉乐培养成人，将他送进名校。所以，他任何轻微的挫败，母亲都会看得很重。母亲来到嘉乐的学校后，先向老师、同学了解情况，之后又分别跟嘉乐身边的同学沟通，还特意嘱托大家要照顾嘉乐。嘉乐知道了这一切，自尊心让他难以容忍母亲的这种行为。作为一个独立的个体，他想通过自己的努力去证明自己，他不需要怜悯和同情，母亲的行为让他觉得自己很无能。这一次受挫之后，他久久不能平复自己的情绪。有一段时间，他为了躲避周围人的目光，把自己藏了起来。

有一次，嘉乐的妈妈找不到嘉乐，就拨通了惠茹的电话。还没等惠茹反应过来，嘉乐的妈妈就劈头盖脸地骂惠茹抢走了她的儿子，还说嘉乐已经失踪很久了，借着糟糕的心情，他妈妈还诅咒惠茹和嘉乐就算在一起也不会幸福。惠茹本想反驳，但无奈嘉乐的妈妈情绪激动难以控制，而且她一心惦记失踪的嘉乐，所以直到嘉乐妈妈挂了电话，她都没说出一句话。后来，嘉乐回来得知此事，同他的母亲大吵了一架。三个人陷入了尴尬的局面。

♂ 三 ♀

大二学年，嘉乐的母亲还是不理解他们的交往。惠茹无力改变，只好去参加各种社团来调整自己的心情。她最感兴趣的就是自行车协会，一群青春张扬的人骑车前往不同的地方是一件奇妙的事情。有时候去山路骑，险峻却富有趣味；有时候去偏远的高速公路骑，畅快且平坦；有时候一群人干脆骑车到另外的城市旅行……年轻的时候就是那么无所畏惧又敢于挑战。

社团中有一位叫薛凯的男生被她独立的个性吸引了，经常围在她的身边。薛凯喜欢给她讲一些幽默的笑话让她开心，然而她始终跟他保持一定的距离。虽然罗嘉乐忙于处理自己的学业和与母亲的纠缠，完全没有时间照顾她，但是她的心里还是只有罗嘉乐。

记得有一次，惠茹生病了，半夜我陪她去医院，出来的时候她问："我的手机有人来电话吗？"

我说："没有，这么晚了，你在等谁给你打电话？"

"我给他发了一条短信，告诉他我很不舒服……可能他睡了吧，我还担心他打电话过来，我没接到。"

"这么晚了，肯定睡了……你好些没？"

"好些了，以后注意调理就好了。"

我劝她放开一些，别那么累，她回答我："有些事没办法，他自己的事情还很多，我能坚持的就是我们两个在一起。"她有些无奈地叹了口气。

罗嘉乐一直没有走出困境，惠茹也没有变得更乐观积极，两个人加上困在其中的罗家母亲，形成三人僵持的局面。最终，罗嘉乐决定离开北京，来到惠茹所在城市，他说："我就不相信，我们两个在一起就不会幸福。"这个是嘉乐对他母亲最大的叛逆。


罗嘉乐从北京转到惠茹所在的学校，除了学习本专业建筑学之外，还辅修了一门心理学课程。他一直在琢磨，是哪个环节没处理好才造成今天的局面。而对于惠茹来说，最重要的是罗嘉乐选择了和她在一起，无论是未来前途的压力，还是来自母亲的压力，他都毅然决然地扛了下来，下定决心留在这个城市，维护两人的感情，过自己想要的生活。

罗嘉乐出现在大家面前的时候有一些羞涩，他忙着帮惠茹搬运东西，偶尔抬头看看大家，微微一笑。大三开学的时候，两人终于在同一个城市开始了新的生活。

锅碗瓢盆、衣食住行、学业爱情……两个人开始共同承担所有的一切。惠茹找了一份兼职，她喜欢家庭教师的职业，很快就投入工作状态。生活、学习、工作让她的生活因忙碌而充实了起来。

这时，罗嘉乐和自己的朋友开始准备创业。两个好朋友，一位退伍归来，一位定居武汉，三个人开始了创业的梦想之路——大学生旅行的项目。他们把惠茹和嘉乐的小窝当作基地，经常在一起讨论未来的规划。在这个过程中，惠茹成为了他们最坚实的后盾。她一边要完成毕业论文，一边要照顾三个男孩的生活。

一次，他们带团返回的时候，带回来一只流浪狗。于是，惠茹就成为三个男生和一条狗的保姆。男生们带完旅行团之后就习惯睡觉或者打游戏，从来不会考虑家里的各种事情，前前后后都是惠茹自己处理。

有一天，家里突然跳闸了，下水道也堵了，在最忙乱的时候小狗也跑出去了。惠茹蹲在楼道里很无奈地哭了。

罗嘉乐从外面回来，看见惠茹蹲在楼道的角落，赶快冲过去把她扶起来："你怎么了？"

"我忙得忘记交电费，下水道也不知道什么时候堵上了……小狗刚刚跑出去，我心想应该不会跑多远，就先把洗好的衣服挂起来……再下楼去找小狗就再也没有找到……怎么会这样……"惠茹一边哭着一边断断续续地说完整堆事情。

"没事的，没事的，我去弄。"罗嘉乐拍了拍她的后背，算是安慰她。

罗嘉乐把惠茹扶到房间的沙发坐下，这个时候，嘉乐的两位好朋友男生提着买好的矿泉水回来了。刚进门，就说："怎么黑糊糊的，没电了吗？"

惠茹抹抹眼泪站起来说："我忙得忘记交电费了，估计没电了……"

"啊，这个……我下载的游戏岂不是中断了……"

"你还顾什么游戏，我媳妇每天忙着做饭，打扫卫生，洗衣服，照顾狗，何况她还有学业……"这个时候男生们才意识到，一直以来，惠茹默默无声地扛下了多少事情。

待到惠茹睡着了，三个小伙子就在黑糊糊的房间里窃窃私语，小武对罗嘉乐说："难得她还一直跟着你吃苦。"

"都是我不好，没有办法照顾好她。"嘉乐叹了一口气。

"她生日不是快到了吗？给她一个惊喜吧。"华子说。

"你怎么知道我媳妇生日？"

"她挂在房间的合照是她去年生日时候拍的吧？上面用金色笔写着'2008.6.10和嘉乐'……你没注意吗？"华子笑了笑，"还是我细心些。"

"是快到了！"嘉乐摸了摸后脑勺，然后说，"给她个惊喜，就那么决定，谁都不许说。"

第二天早上，嘉乐看着墙上的照片，惠茹笑得灿烂，比现在要快乐很多，他心里很内疚。惠茹还在睡着，他就静静地看着她，有些心疼。他回忆起惠茹被母亲怪责却从来没有对他抱怨；想起他们三个创业时忘记带东西，让惠茹走了两站路送过来一个很重的背包；想起每次看他打游戏，惠茹都不说什么，只是静静地看书……他知道惠茹的压力很大，家里人对她的期待也很高。她时常挂念家里妹妹弟弟的状况，每个月都会从自己兼职的收入里分出一部分寄给妹妹弟弟。嘉乐这才意识到，这个柔弱沉默的女人默默为他付出了很多。

惠茹生日那天，她很早就起床了。她看见罗嘉乐跟往常一样睡得正香，她就默默离开了。罗嘉乐醒来后，马上跟小华、武子盘算了一下，他说："我让她今天不用回来做饭，就说咱们三个出去办事，然后你们给她买蛋糕去，我去买礼物。"华子和小武点了点头。

嘉乐给惠茹发了条信息说："我们一会儿有事要出去一趟，今天你就不用回来为我们做饭了，安心在图书馆学习吧！"

"好的，那我下了晚自习再回来。"惠茹简单回复。

晚上，她抱着书推开家门，屋里安静又黑暗，她刚想说："居然都还没有回来……"这个时候，灯突然亮了，一个蛋糕放在她面前，三个男生唱起了生日歌。惠茹看着眼前出乎意料的惊喜，眼泪落了下来。

嘉乐说："哭什么，今天生日，快许愿哦！"

"只是有些意外，你居然想起来了。"惠茹很安静地说。

罗嘉乐有些内疚，然后笑笑说："这个我一定会记得的，之前是我没有体谅到你的辛苦，快许个愿吧！"

惠茹很喜欢许愿，每年她都会在生日的时候偷偷许下各种各样的愿望。今年她的愿望是希望罗嘉乐能够顺利结束大学生活。

但是，生活并没有满足她的这个心愿。嘉乐他们的项目渠道运营不畅，产品开发也不精细。有一次好不容易组织一个院系的学生举办宿营活动，他们规划在老图书馆的楼顶上，露营观星。但因没有提前跟校方沟通好，半夜的时候所有人被保安轰走了。这个事件为他们带来了很大的负面影响。这次创业最终以资金不足、客户不足等问题不了了之。

因为创业，罗嘉乐没有按时上课，因此被学校记过。这些问题都考问着两个人的信心，在一起的信心，对生活的信心。惠茹陷入无力自拔的状态中，她不知道这样做对不对，她开始对自己产生了怀疑。

"我曾经觉得，我只要跟他在一起，两人同时努力就能幸福，不像他母亲说的那样，感情会影响他的发展。这也是人生中必须面对的问题。"惠茹有一次很难受，她缓缓对我说，"但是没有想到，所有的结果都不像我们想像的那般满意，我们两个都觉得有些疲倦了……他疲倦在他的前途中，我疲倦在两个人共同的未来中……我都觉得自己迷失了。"

她无力地趴在桌子上休息，琢磨该用什么方式熬过这样的日子："好无力，好像一直在等待，等着被命运救赎，但又不知道该如何做，只有莫名地等待……再等待……"

"不试试改变吗？让他稍微习惯没有你的生活，让你稍微活得像自己想要的样子。"

"是吗？我都没意识到自己的需要，爱情真的会让人盲目。"

"快毕业了，先找工作吧，安定之后再慢慢想这些。"毕业后，只有工作才是她最需要的温暖保证。

## ♂ 四 ♀

在毕业前，她收到了苏杭之地一所中学的入职邀请。苏杭山水美丽、人杰地灵，适合温柔性子的她。因为要到学校签订合同，所以她就顺便畅游了一次苏杭，最令她流连忘返的是周庄。

在浓雾弥漫的清晨，她坐着船荡漾在周庄的小桥流水之间，粉红色的衣裳让她的脸色更加红润。就在这山水之间，她第一次觉得找回了自己，不用担心他的任何问题，不用担心他母亲的电话，不用担心家里的事情。

罗嘉乐经历了创业、学业的挫折之后，他把自己埋在书堆、游戏中，放空自己，逃避着生活的考问。罗嘉乐的母亲也疲倦了，不再强制他们干什么。三个人沉醉在各自的世界中，他们三个人本应该是世界上很亲密的三个人，但是此刻，他们在各自的世界中，疲倦地安抚着自己。

惠茹再回到学校的时候，我终于看见了她久违的笑容，周庄的暖日和山水给了她很多力量，她对生活又有了新的憧憬。

那段时间，我心里总会感叹现实雕琢的力量。他们都曾经是高考体制下的天之骄子，进入大学的时候又拥有了最纯真的感情，一切都是那么完美，后来却急转直下，我在想是不是生命总会给这些美好很多锤炼，才能进入更加美好的境遇。

她无意中承担起两个人的成长，她那一股子倔强和坚韧让人心疼，就为了赌那一口"我就不相信，我们两个在一起就不会幸福"的气，他们挣扎着站立。如果他们精于世故或许还好些，但是他们偏偏更加内化，更加避世而让人更加心急。

罗嘉乐在苏杭寻找着合适的工作，惠茹用稳定的工资照顾着家。她的工资要一分为三，一部分给在大学读书的妹妹，一部分照料罗嘉乐的生活，还有一部分才是照料自己在小镇当老师的宁静生活。她的日志里出现了很多可爱的孩子，但是没有出现过两个人的感情生活，那种纠缠在生活边缘的爱情，不知道是否淡到苍白。

一次，我说爱情真的是一件很脆弱的事，仿佛生活中的任何波浪都可能摧残那朵玫瑰。惠茹表示很同意，但是或许她的潜意识中有一种抗争的姿态，支持着她一直那么抗争，那么坚韧，那么坚持。就像结婚的时候，她的眼中只有他，就努力朝他走过去了。

人们总说生活是平淡的，当把时光浓缩，就会发现波折起伏原来是常态。当人们熬过去的时候，就觉得平淡了。本以为他们在苏杭的宁静时光可能是最终的归宿，可突然间惠茹发现自己怀孕了。

这是期盼已久的祝福，他们惊喜，不抗拒这个礼物。他们认为这是生活的转折点，让一切焕然一新。

## ♂ 五 ♀

他们的婚礼是我期盼很久的，接到邀请的时候我异常开心。回头看，她走过的这段人生倒是让人欣慰。因为小生命的号召，两家人终于同意他结婚，并召唤着他们回到家乡。

这场婚礼举行得宁静低调，我在这场婚礼上见到了罗嘉乐的母亲，她留着干练的短发，拥有北方女子质朴的气质，坚毅的外表掩饰不了她内心的细腻。在惠茹出嫁的那天早上，她哭着对嘉乐说："惠茹是个好女孩，你一定要好好对她。"她放下了冷静刻板，汹涌流出温热的泪水，真正释放了内心，接受了生活。

婚礼结束后，我回到我所在的城市，偶尔与惠茹联系，我能够感受到她的变化。她跟我说婆婆给她买了新衣服，虽然不是很适合她的风格，但是她感受到了暖暖的用心。三人渐渐没有了疏离感，在生活中相互取暖，相互扶持，彼此信任。

后来宝宝快要出生了，她兴奋地准备着一切。医生叮嘱她平时要多运动，可以简单下蹲活动筋骨，她从来都没有想起来做下蹲运动，在预产期前一周，她忽然想起来了。

那天阳光正好，她下蹲了几次，穿着温暖的棉衣到北方院子里晒了会儿太阳，当她回家的时候羊水破了，当天晚上进入医院生下了一个女儿。她的生活总是存在很多不确定的因素，随时不知道会闯入什么惊喜来，罗嘉乐是她生活中唯一稳定的精神核心。

她的性格温和如水，她的生活却总出状况，但是她又异常坚韧和乐观，让人感受着生命中的美好。她不是那种明媚耀眼的女子，就如同石缝中生长出的花朵，不起眼但却异常坚韧，独自在日光下努力绽放。

她这一场豪赌，赌上了人生最美的青春时光。用一个人的力量撑着两个人在走，是输是赢无法评判。从两个人变成三个人，生活起了很多变化。她有了更多的喜悦和期待。她生下女儿后的第一个冬天，我再次去拜访他们。

那个冬天，罗嘉乐开着适合农务的车，载着我去看他们的农家小院，野猪在开阔的牧场里奔跑，黝黑的毛发、哼哧的声音、憨厚可爱的样子让人觉得很有趣，嘉乐说："饲养野猪也是一种乐趣，而且野猪市场广阔，能够带来稳定的收益。"

"小农的世外桃源生活很适合你们的个性，温和、随性、与世无争。"

"没你想像的那样理想，哈哈，我就是安心过好日子，照顾好我的老婆和女儿。"

"踏实下来的你，让人很放心。"我笑着说。

"总要长大，总有责任，不能一直让她一个人扛着。"说完嘉乐看着旁边的鹅群，还有熟睡的狗儿，他很自豪地跟我说："务农带来很多收获，我还在继续研究心理学，我相信可以用这个知识治愈更多的人。从黑暗中走出来的人才懂得脱离黑暗的方式，我也想温暖别人。"成熟之后的罗嘉乐铮铮硬骨，一改当年儒雅小生的形象，负担起整个家庭的生计。

午后，陪他们一家三口在家看电视。闲聊的时候，罗嘉乐搂了搂抱着女儿的惠茹说："等我们女儿长大了，我要带惠茹去北方草原，找个有山有水的地方放羊！"

那个时刻让人觉得好欣慰，惠茹的豪赌押对了场，赢得了幸福。人生有的时候就是无须恐惧的。为幸福冒一次险，为爱努力争取一下，再弱小的两个人或许也可以强大到拥有一份爱情和幸福。

下了飞机，我看到惠茹发来的短信，她说我离开的时候她哭了，但是暖暖的。


# ♂六♀


有人跟我说婚礼不是终点，而是人生另一个阶段的起点。这个世界上并非每一段感情都能顺风顺水，从波折不断到顺利远航，需要付出太多的努力和坚持。她的韧劲和乐观成就了今天三口之家的温馨甜蜜。纵然经历了四个城市的辗转、十多年的风雨，他们的爱依然很温暖。相濡以沫成为了生活的常态。

如果爱情少了坚持和义无反顾，也许两人早就分开，各自飘零在茫茫人海之中。爱情是一次冒险，没有谁猜得到结局；爱情是一次人生的豪赌，赌"只跟你在一起才能幸福"。最终赌赢的人都会获得那份期待已久的幸福。

# ｛03｝

## 爱似坚韧的绳索，牢牢地捆绑住幸福

　　女人的爱像一锅温暖的鸡汤，暖心恒温；男人的爱像一条向下生长的根，沉默深情。当一个女人不能表达自己爱情的时候，她就只能选择静默守候；当一个男人再也没有机会去表述爱的时候，他就只能在心底珍藏曾经的悸动。命运串起三个人的爱，在时空中演绎着静默守候的深情。

♂ — ♀

　　表姐在昆明一家幼儿园工作，幼儿园里有一对可爱的中法混血儿童——大山、小山。他们的爸爸平时工作很忙，在无法照料他们的情况下，大山、小山就会到表姐家暂住一段日子。两兄弟有一张很珍贵的照片一直放在儿童房。照片中，法国女子坐在越野车里，掀起墨镜挂在头顶上，左手握着方向盘，两个翘起的手指夹着烟头，身体向着镜头凑过来。她拥有非常明媚的笑容，眼角的纹路没有掩藏岁月的痕迹。那是他们的妈妈。这张照片一直放在表姐家儿童房的窗台上。在清晨、阳光安逸的时候看到它，会不自觉地被她的笑容感染。

大山、小山的母亲叫劳拉（Laura），出生在法国的勃艮第地区，那里最常见的就是古堡和葡萄园。劳拉小时候就生活在葡萄庄园里，她日常的工作就是照料葡萄园。她的家庭教育很开放，所以她像一个小男孩一样慢慢长大了。

小时候她喜欢爬树，喜欢跟一群小伙伴到索恩河捕鱼，或者在草丛中扑蝴蝶。开朗的她和小伙伴常常肆无忌惮地冲到河边嬉戏，时常会打扰到钓鱼的大人，然后就会被轰走，几个人跑到空旷的草地上躺着晒太阳。

劳拉的攀岩技术让男孩们赞赏，虽然是非常危险的游戏，但是她总愿意自己尝试。她请舅舅帮忙准备了一套器材，开始尝试这种节奏缓慢却让人心惊肉跳的运动。劳拉说，每一次在几乎处于绝境的状况下找到出路，这样的挑战让她充满喜悦。充满韧性且谨慎的她，从不畏惧新环境，勇敢挑战自己，这些都是攀岩带给她的珍贵财富。

当地大多数女孩子都会选择在勃艮第做一个葡萄酒庄园的园主，但劳拉却不安于现状，她想去外面的世界闯荡。她凭借自己的努力进入法国ESMOD时装学院，进修三年后在巴黎开起了自己的服装作坊。她没有选择工厂式的批量成衣制作，而是尝试高级定制。有少量比较熟悉的朋友时常惠顾，除了成衣之外她还提供礼服定制。她喜欢慢下来的感觉，不需要T台的闪光灯，不需要与大公司竞争，她偏安一隅，安静地绘画着线条，制作时装。她喜欢衣服带给人的变化，她觉得一件衣服要为他人带来专属于自己的气质。25岁开始创业，到30岁的时候，她有了自己的工作间——一间位于巴黎街道边拥有美丽橱窗的衣服商店。

她遇见过爱情，但是真正感动她的人似乎一直没有出现。在巴黎的生活，偶尔有人送鲜花到店，她接收后插在桌子上的花瓶里，她会跟朋友饭后坐在街边聊聊天，闲适有灵感的时候回到店内完成堆积的衣服设计。35岁的时候，她开始想，生活是否就一直这样，她可以改变吗？

在她35岁生日的那天，她宣告要离开巴黎，想要到其他国家旅行。当时手中有一本杂志推荐了全球20个最佳的旅行地，她翻看后，爱上了一个有雪山、有古镇、有慢慢悠悠时光的地方——丽江。她指着这里用法文说："我要走了。"

在非常短暂的时间内，她就出售了自己的作坊和店铺，处理好财务及人员安排的事宜。她购买了一本法中互译词典带在身上，出发了。

她抵达中国的时候身上只有一个背包，里面只装了证件和衣物。站在云南土地上的时候，她一句中文都不会讲。她靠着手脚的比划和声音的模仿，让街边的大婶告诉她如何去坐大巴。她首次吃云南米线的时候，对着店主说那个辣椒"Délicieux！"（美味），说了两遍店主还是很懵懂，她竖起大拇指，店主开心地笑了。为此店主送了她两包辣椒，她揣在包里分外开心。

第二天醒来的时候，劳拉推开窗户，看到丽江客栈庭院内的阳光、连绵不断的屋顶和干净的石板路，大大地伸了一个懒腰，然后看见了楼下系着鞋带的男子。他身着军绿色的外套，系完鞋带后利索地背起背包就离开了。她洗漱完毕后，背起自己的背包在丽江的大街小巷闲逛。劳拉买了当地的衣服，买了一些有趣的小物件，听着巷子的音乐声寻到了乐器行，她很喜欢鼓手敲击的鼓点以及音律，就随性地舞动了起来。

音乐节奏正好，大家开始跳起来。劳拉看见一名中国男子的背影感觉很熟悉，但又想不起来在哪里见过。一曲完毕后鼓手兴致来了，连续演奏了三首。一个小时后，人渐渐少了，鼓声才合着音乐渐渐舒缓下来。劳拉坐在门口的门槛上休息，里面只有鼓手和那个中国男人还有互动。那是她第一次很认真地看着他，皮肤虽然粗糙但是富有光泽，看起来很健康，脸部的线条很硬朗，带着黑框眼镜，穿着军绿色的外套、黑色的裤子、阿迪达斯的运动球鞋。短寸头让他看起来很年轻。

音乐结束了，他要离开的时候，看见劳拉坐在门槛上，他用英文说："你不能坐在这儿。"

劳拉有些惊异："Why?"（为什么？）

他笑了，俯身跟她说："This is the Chinese custom."（这是中国的规矩。）

劳拉立马起身，摊开手："I am sorry, but I am so tired."（对不起，可是我太累了。）

"Would you like to join me for a quick lunch?"他很绅士，提出午餐的邀请。

劳拉很乐意地接受了。

他带劳拉去了一家有趣的中国菜馆。老板说着不太流利的普通话，非常绅士地为他们点菜。他的店里有一种回溯时光的复古韵味，店里有两个窗户，窗台种满鲜花，玻璃窗外面就是宁静的小路和明媚的阳光。他的店位于偏僻安静的巷道，不常有过客来，多数入店的人都是熟客。店里面有中式怀旧的红色柱子，还可以看见一些复古的家居，有唱片机、东倒西歪的台灯、景德镇的瓷器，头顶的灯由报纸随意包裹着，整个店里的装饰显得凌乱但是有一种随性的雅致感。

他请老板推荐今日的头牌菜，老板说："醉鸭maybe不错，今天沈厨的手艺……有酒意，估计昨晚二两绍兴黄酒回味至今。"

他把菜谱翻开递到劳拉手边，她看着菜谱有些茫然，因为上面都是繁体中文，翻到后面才有两页英文菜谱，但是那些都是比较平常的西餐，于是摇摇头，示意请他来点菜。

他点了醉鸭、麻婆豆腐、老奶洋芋、青菜汤，还请老板拿出自己昨天剩下的半瓶红酒。两人开始享用午餐并开心地聊起来。


他叫隋安，典型的东北汉子，也是一位地质考察者。因为工作的原因，他走遍了大江南北，他需要静下心研究地球宁静的变化。他喜欢独自一个人背着包静静地行走，行走间看不同地方的人物风貌、风俗习惯。其实他是一个很沉默的人，因为始终都是观察，多数时间他发现的东西也是静默的，因而就习惯了安静。而她也守着一个非常安静的世界，只有布料、针线、线条、人的身体。他们喝着红酒的时候，她说起了自己的出生地，法国勃艮第，葡萄酒的产地。她讲述起葡萄酒时，两人产生了很多共鸣，滔滔不绝地聊了起来。

他们聊起来就再也没办法停下来，天色渐渐暗了，老板点亮了店里所有的蜡烛，这才提醒他们天已经晚了。

暮色渐近，是时候道别回住的客栈休息了。他说送她一段路，问起她所在的客栈，出乎意料的是，原来两人住在同一个客栈，上下楼的区别。于是两人同行回到客栈，那天晚上分别后两人都有些失眠。丽江的清晨和夜晚都有些微凉，微风中都有清润的气息。华灯初上的时候会驱散些许寒意，让这座秀美的城在水岸中安静投影。每个人都枕着自己的心事入眠。

隋安在丽江的考察期不长，第二天他就要返回东北。第二天早晨，隋安一如往日在院子里系着鞋带，起身想背起背包开始旅行的时候，他抬头看了看楼上的房间，房门紧闭。

劳拉很早就出发去雪山看日出了，她在山上兴奋地吼叫，就像一个跳脱的孩子。在她准备返回丽江古城的时候，她犹豫片刻，还是去了隋安带她去过的私房菜馆。她进去之后，安安静静坐在角落，老板问她点什么菜，她开朗地笑着邀请老板帮她推荐。靠近窗台，阳光很温暖，她坐在那儿吃着白斩鸡、上汤娃娃菜和米饭，老板为她端来精心制作的米汤，喝完后她又竖起大拇指，说了很多遍美味。

她正要离开的时候，隋安踏入店内，两人相视一笑，劳拉坐下了。隋安叫了一碗过桥米线，劳拉看着眨眨眼睛，隋安示意她——请自便。眼见她不知道如何下手，隋安就为她找来一副碗筷，盛好汤后放到她的面前。她抬头看着他，露出优雅的法式笑容，后来她喝完汤用法语小声说了一句："很高兴在这儿见到你。"

他有一点茫然地看着她，她笑笑又用英语说"nothing"。老板探头出来："她说很开心遇见你啦～stupid（笨蛋）～"说完后，他缩了回去。她愣住了，他低下头笑了笑。他问老板要了几张折荷花灯的纸和几个圆形小蜡烛，然后故作神秘地把劳拉带到河边。

他请劳拉掌着手机灯，自己在河边叠起荷花灯，然后把小蜡烛点亮放入其中，邀请劳拉放了两只荷花灯，劳拉很惊喜地看着远去的荷花灯，回头看他的时候，看见隋安正盯着她，他凑过来猛地吻了劳拉，河面倒映出两人幸福的模样。

爱情来的时候很迅猛，一瞬间改变了两个人的生命轨迹。劳拉很快定居昆明，隋安也决定离开东北。起初两人都在各自寻觅工作，后来他们想起旅行带来的幸福感受，决定为来中国的外国人定制旅行项目。他们在昆明开起了旅行社，隋安运用自己的知识制定路线，劳拉重操旧业开起了定制服装工作坊，通过在昆明的外国人社交圈，两人打开了市场。

有一天隋安抱住正在做饭的劳拉说："If we have a child , the life will be perfect !"（要是我们有个孩子，生活就更完美了。）

劳拉惊喜地说："Really ？"

她脸上坚定和自信的神情总是很迷人。大致一年后，他们有了大山——一个天真可爱的男孩，后来他们又迎来了小山。劳拉和隋安对孩子的教育很开放，从小让他们自觉养成良好的生活习惯。

一家四口就这样宁静度日，虽然旅行社的生意不错，但是隋安为了环保还是不肯买汽车，每一次都是踏着板车载着劳拉、大山、小山出行。在昆明的街道上，偶尔会见到一个很绅士的中国男人载着他的法国妻子和两个金发男孩，穿梭在菜场、花鸟市场、游泳馆等地方。两个孩子因为高原的日晒，拥有了自然可爱的雀斑。

## ♂ 二 ♀

　　由于旅行社的业务越来越繁忙，劳拉想找一位助理来协助出行并
且运营一些简单的事物。朋友恰巧为劳拉推荐了一个法国女孩，名叫
安娜。她跟开朗的劳拉性格迥异，娴静安然，扎着马尾。安娜随父母
来到中国刚刚两年，父母从事鲜花、野生植物的进出口贸易。安娜想
做一点自己喜欢的事情，经朋友介绍就认识了劳拉。安娜常常跟着团
队到不同的地方旅行，在劳拉忙碌的时候，安娜就去幼儿园接大山、
小山回家。

　　有一次旅行团规划去美丽的香格里拉，劳拉因为临时有朋友过
来，所以只好留在旅行社，这一次出团只有隋安和安娜。安娜很开
心，因为去香格里拉是她一直以来的梦想。

　　客人是四口之家，爸爸乔伊具有幽默感，大儿子恩佐是很少说话
的少年，小儿子汤米倒是活泼十足，妈妈卡米尔则是一位优雅沉默的
女子。一路上他们有说有笑，团队氛围融洽。隋安每到一处就会为他
们介绍沿途的风景、民俗，同时还会跟他们分享一些生活中的乐趣。

　　爸爸乔伊跟大家分享着很多故事，他觉得香格里拉或许藏着某
种走向质朴纯净的神秘力量。他依稀记得《消失的地平线》一书中
描述僧侣的片段，饶有兴致地讲述起来。只有汤米睁大眼睛听着，
恩佐听着音乐靠着窗边睡着了，而卡米尔时而看看窗外，时而听听
故事。安娜一路保持清醒，坐在副驾驶座，看着开车的隋安，心中

暗生喜欢。

隋安很贴心地问："安娜，累吗？"

"不累，倒是你一直在开车，稍后休息一下吧！"

"很快就到了，你休息会吧！"

安娜笑笑便真的休息了一会儿。醒来的时候已经抵达香格里拉，眼前的景色让人豁然开朗。古朴传统，没有任何现代雕琢的痕迹，穿透绿林的风扑面而来。汤米很快跳下车，如果不被隋安抓住，估计他已经在田间奔跑了。恩佐下车后，起初的漫不经心已经烟消云散，他神采奕奕饶有兴趣地欣赏着周围的一切。乔伊依然维持那种法式的热情，情不自禁地赞叹起来。安娜扶着有点晕的卡米尔下了车，站在车外呼吸新鲜空气，卡米尔感觉全身舒畅，长长出了口气。

隋安和安娜带着乔伊一家四口进入当地协商好的农家小院休息。这个小院在山脚下的村落里，有两层小楼，可以看见雪山。


第二天清晨，他们一起朝着雪山进发。开始的时候，路两边都是草地，平坦舒适，到了河口，隋安和安娜为每个人都系好绳子，准备过绳索桥，隋安走在最前面，安娜负责押尾。走到一半的时候，隋安突然朝着后面喊话说："千万注意这一段的木板，腐旧且有些松动了，注意选择新一些的木板踏，颜色深看起来腐朽的千万小心不要太用力踩断了。"

隋安听见大家回复"听到了"，他才继续往前走。汤米走在卡米尔和安娜之间，安娜很小心地看着汤米慢慢往前走，汤米有一些害怕，没有注意脚下的木板，他只想着赶快过去，看着桥下哗哗的流水，汤米感觉自己的双腿在打抖。这时他一不小心踩到半腐状的木板，木板断了，半个人卡在其中，他"哇"一声大叫起来，安娜过去把他揪出来的时候，使劲一用力把木板踩断了，半条腿卡在其中。

"Help！Help！"汤米一边哭一边在叫。

隋安跨了过来，安抚两人说："汤米，不着急，等叔叔把你救出来。安娜，你那边还稳吗？我先把汤米拉出来，你待会再跨过来……"

"好的，我等你。"安娜在木板碎的时候刮到了腿，她现在很痛苦，但还是强忍着静静等待着救助。

隋安和乔伊抓着绳子把汤米先拉了出来，乔伊让卡米尔带着汤米、恩佐先上河岸。随后隋安看见安娜腿上的血迹，他问："安娜，腿有点受伤了，能跳吗？"

安娜说："放心。"然后她抓住绳子，尝试着往前用力跳，终于一下跳到隋安这边，隋安扶着她很着急问："没事吧，我看看腿上的伤。"

安娜说："没事，还有一小段就到河岸了，我们上岸了再慢慢处理吧。"她咬了咬牙，然后隋安扶着安娜往河岸边走。

隋安看了看汤米的伤势并无大碍，就用创可贴帮助汤米处理好腿上、手上的几个小口子。卡米尔说："好险，怎么会选择这条那么危险的路？"

隋安说："实在抱歉，之前都是走另外一边山林绕过去，但村民昨晚跟我说那边有村民捡蘑菇时遇见熊出没，所以还是想从这边，稍微安全些。但是没想到木板的状况……实在抱歉！"说完后隋安致以真诚的歉意。

乔伊拍着隋安说："哈哈，原来这样，没关系，让他们也尝尝冒险的滋味吧。"

卡米尔见乔伊这样说，也就没再责怪谁了，忙着照顾汤米。

隋安见乔伊一家稍微安定之后，他赶紧去看安娜的伤势，安娜的小腿被木渣刮伤，而且还扎了一些在肉里。隋安拿起随身携带的药箱，用剪刀剪开勒住小腿的布料，从肉中把木屑一点一点拔出来，伤口经过消毒处理，然后用药水清洗之后，棉花紧压，纱布缠好。隋安处理的时候，安娜看着他满头的汗珠，就替他擦了擦。隋安笑着说："劳拉如果知道让你受伤了，我都不好交代。"

"谢谢你，隋安。"安娜看着收拾药箱的隋安，心里暗生倾慕之情。

隋安收拾好东西，对大家说："我们稍微等等，我已经发消息给村里的人，他们马上过来帮我们渡河下山。"

隋安坐在安娜旁边的石头上，安娜静静地看他的侧脸，隋安转回头看着安娜，安娜顿时脸红就转过去了。隋安没有察觉到，他只是说："这次出行有惊无险，很幸运，下次我们要做好足够的准备。"安娜点了点头说："好的。"安娜喜欢隋安，但是却一直藏在心里从不表露倾慕之意。

安娜很感谢这次旅行，她可以离隋安近一些，虽然她知道回到城市后，她还是只能默默守在他们身边。但即使那样，她也觉得很满足。她喜欢隋安，喜欢他的言谈，喜欢他对待人的温柔，喜欢他的勇敢有责任……喜欢上一个人什么都能变成理由。

回到昆明后，劳拉了解了事情的始末，耸耸肩说："有惊无险，否极泰来！我最喜欢的中国成语！"安娜笑了笑点着头，她总是很信服劳拉，她喜欢劳拉的自由和热情，无所畏惧的样子。凭借隋安、劳拉的运营，他们旅行社的生意越来越兴旺。但是生活总喜欢出其不意击倒你，平和的日子过得很快，一个突如其来的噩耗打破了这个家的温暖。

<h2 style="text-align:center">♂ 三 ♀</h2>

劳拉莫名其妙地晕倒几次后，终于前往医院检查身体。医生说情况不乐观，有可能是癌症，请劳拉先回家静等一周，一周之后会告诉她准确的诊断。

那天劳拉回家后特别沮丧，但她尽力掩饰自己的不安。隋安问起去医院的事，她说没有大碍，只是劳累贫血罢了。隋安把她抱在怀里说："你可不能有任何出乎我意料的事哦，虽然你出现在我生命里已经让我很出乎意料了。"她抱紧了他，拍拍他的背说："不怕，生活已经馈赠很多了，你就是最好的礼物，我很满足！"那天晚上，他们拥着暖暖入睡，劳拉却一直醒着，生命的过往就像幻灯片在脑海中闪过，她担忧是癌症，同时不断祈祷着希望能绝处逢生。劳拉思虑杂乱，心里非常不安。

接下来的一周，劳拉都一直心神不宁，安娜似乎察觉到什么了，但她问起劳拉都避而不答。有一天，劳拉什么也没说就出门了，安娜不放心地紧随着出门。她跟着劳拉的车到了医院。看着劳拉进入医生办公室后，安娜安静地坐在门边附近的椅子上等着。半个小时后，劳拉手里拿着诊断书，呆滞地从办公室走出来，仿佛没有看见任何人，出神地走在医院长廊里。安娜起身追了上来，抓住劳拉的手臂，关切地问："你怎么了？"

劳拉吓一跳，挥挥手就已经哽咽了，想甩开安娜逃离，但安娜拥着她的肩膀大声说："告诉我，你怎么了？"

劳拉双眼蒙眬，像被安娜的声音叫醒了一般，她盯着安娜的眼睛，一瞬间泪水涌动，抱住安娜，泣不成声："怎么……会是……这样？"安娜似乎有所察觉，没有继续问，只是安静地抱着她，听着她的哭声和夹杂在哭声中的不明词汇……等劳拉稍微平静了一些的时候，她扶劳拉坐在椅子上，接过劳拉手中的诊断书仔细看着，安娜终于明白为何劳拉瞬间崩溃了。劳拉得了恶性脑瘤。如此健康明媚的女子听到这个诊断的时候，内心的支柱轰然崩塌，劳拉靠着椅子坐了很久，才缓过神来。

劳拉突然起身拉着安娜说："走吧，回家！"


安娜跟着劳拉离开了医院，一路上在车里她们都没有说话，但是安娜牵起劳拉的手，对着她露出平和的微笑，劳拉也微微点头示意还好。昆明的夕阳有时特别张扬，就像为整个城市加了一片橙色的滤镜，焦灼热烈扰乱内心。

她们回到家，进门的时候隋安已经接回放学的大山、小山，隋安看见两人很疲倦的样子，赶紧问："发生什么事情了吗？"

劳拉很疲倦，没有回复就走进了房间，隋安跟着走进去了。劳拉进入房间后想尽力保持镇定，但还是在说出几个字后流下了眼泪，隋安二话没说就把她一把拥入怀抱，问她究竟发生了什么事情，她说自己得了恶性脑瘤。隋安故作镇定地吸了口气，紧紧地拥抱了劳拉。

当他们两个人面对生活突如其来的打击时，安娜陪在大山、小山身边，她认为眼下帮助他们最好的方式就是照顾好这两个孩子。安娜为他们端上了晚餐，安静地看着他们吃。大山眨着眼睛问："你不饿吗？"

安娜摸摸他们的头说："我晚一点再吃。"

那天晚上，整个家异常安静，就像龙卷风的中心，暂时享受疯狂席卷之前的宁静。面对生活严厉残酷的一面，很多时候人们都需要勇气。

虽然劳拉很想留在中国陪在孩子们的身边，但是她不想让孩子们接受这样的事实。于是，隋安背上包裹，带着劳拉飞往法国的海岛进行疗养。

离开之前，劳拉十分真诚地向安娜表示感谢，她没办法带走大山、小山，只能让安娜照顾他们。安娜送他们到机场的时候，没有说很多话，只是握住劳拉的手说："我会照顾好他们的。"没有过多的泪水或者矫情的感谢，一如既往，劳拉很干脆地抱住安娜，在她的耳边说了句："谢谢你，安娜。"登机前，劳拉回头对着安娜笑了笑，竖起大拇指，她的脸上还是勇敢灿烂的笑容，挥手道别后走进通道，登上飞机前往法国。

安娜很悉心地照顾大山、小山，很早醒来就为他们做早餐，接送他们上幼儿园，为他们洗衣服。偶尔，大山和小山也会问起："爸爸和妈妈去哪里了？他们不想念我们吗？"

安娜就告诉他们："他们去旅行了，旅行的地方很远，信号不太好。"然后大山、小山在别人问起的时候会说："他们去旅行了，去了很远的地方。"

半年多的时间，安娜一直在中国照顾两个孩子，隋安陪伴劳拉度过了她生命中的最后几个月，安排完葬礼后他又在劳拉生活的村庄整整待了三个月。隋安跟着葡萄庄园里辛勤劳作的人们一起工作，他仿佛把所有的沮丧和伤痛都融化在汗水里。他给安娜打电话，除了几次深夜难以抑制的悲伤外，没有多余的哭诉。安娜每一次都会发给他大山、小山的照片，用温暖的陪伴治愈着这个家庭。

## ♂ 四 ♀

半年后，隋安回国，在机场迎接他的是安娜、大山和小山。隋安出现在三个人视野的一瞬间，大山、小山冲过去紧紧抱住他，小山哭着说："好多次眼泪都自己掉了，爸爸我好想你。"隋安顺手抱起哭鼻子的小山，另一只手牵着大山朝着安娜走过来。

"好长时间不见，谢谢你这段时间，一直陪伴在我们身边。"隋安很温柔地说。

安娜微笑着说："你回来了就好。"

隋安回来后一直忙于旅行社的事情，不再提到劳拉。安娜看得出来，隋安心中一直有惦念，但从来不说破。大山、小山偶尔问起，他便告诉孩子们，妈妈还在很远的地方。

安娜继续陪在他们身边，但是她一直没有把自己的情感说出来。有一天隋安把大山、小山哄睡后，他坐到庭院里喝着啤酒，安娜看着他孤单的背影，就在他身边坐下了。

"还好吗？"安娜问起。

"还好，工作很忙碌，他们两个也还需要人照顾，多么期待自己有个分身。"

"不是还有我吗？"安娜笑了笑看着隋安。

"……其实，安娜，我知道你一直守着我们身边……我只是觉得你该有更好的幸福。"

"守着在乎的人就是幸福。"安娜说完看着隋安，她第一次说出了"在乎"，无意中传递着自己的感情。

"可是……"

"我很早就喜欢你了，但是我也喜欢劳拉，我不想伤害你们的感情。我很喜欢中国女性对爱的方式，静静守护着就很好。其他的，我从来都没有奢望过，我希望你懂，也希望你不要有压力。"安娜一股脑儿都说出来了。

"这个时间我还没有平复好自己的心，不知道你是否还能再等待我……我也不知道自己要多久……不知道你明不明白？"

"我懂，所以我一直没有说什么。"安娜说完，静静坐在隋安身边。

隋安看了看安娜，然后叹了一口气说："谢谢你，安娜！"

那天晚上过后，隋安也渐渐感受到了安娜的倾慕。时间是最好的良药。一年之后传来消息，隋安和安娜正式交往。隋安为安娜准备了一次惊喜求婚，是他们再一次带团到香格里拉的时候，隋安提前在桥的那头准备好了鲜花和戒指，他等着安娜和队员走过来的时候，用鲜花迎接了安娜，他没有过多说话，只在跪下的时候说："你一直是懂我的，很感谢你一直在我身边，请你嫁给我！"安娜出乎意外的惊喜，她点了点头。隋安起身就把安娜抱起来转了好几圈，然后吻了她。那天在他们身边见证求婚的人都很欣慰，人们一直都感受得到安娜对隋安的爱。那时他们终于勇敢面对彼此的内心，眼眸中是对方唯一的影子，甜蜜四溢。

在为隋安和安娜筹备婚礼之前，我还见过他们一次。那是在姐姐家，他们要离开昆明前，四个人一起来到姐姐家拜访。他们来之前，姐姐忙前忙后准备了大山、小山喜欢吃的中国菜。因为隋安和安娜时常出差，多数时间大山和小山是在姐姐家度过的，所以大山、小山会叫姐姐"院长妈妈"，让姐姐觉得很温暖。

那天，隋安戴着黑色眼镜，身穿军绿色旅行外衣、白色衬衫、黑色裤子、黑色运动鞋。他一点都不像东北大汉，倒像学识渊博的学者。大山、小山有着很类似父亲的鼻梁和下巴，他们柔柔金黄的毛发，让两个人看起来活泼可爱。安娜瘦小娇弱，身着黑色外套，穿着朴素的牛仔裤和白板鞋，带着一顶棒球帽，帽子下是娇小柔美的脸庞，像朱丽叶·比诺什一样清秀。她一直带着大山、小山，跟他们两个玩耍，隋安跟家里人坐在一起，聊着生活琐事。

一顿温馨的晚饭后，他们挥手告别，看着他们一家四口离去的背影，我跟姐姐说："孩子很有修养，安娜带得很好。"

姐姐说："是啊，每一次来家里住的几天，大山、小山都很乖，午睡的时候他们不用大人叫，自己脱了衣服叠好放在床边，就入睡了。大概半小时后自己就会醒来。他们也不哭，也不闹就静静躺在床上玩耍或者看书，等着旁边大人醒来才开始欢腾。"

她继续补充说："现在有人问起妈妈在哪里，他们就会说住在很远的地方。好在安娜一直守护着他们一家人，一个柔柔的女子，还懂得心疼这一家子，她和隋安在一起真好。"

♂五♀

那次相见之后，过了很久，我偶然听姐姐说隋安和安娜要举行婚礼，正在筹备，就主动为他们提供服务。再见面的时候，安娜已经不是当年稚嫩的青春少女，大山、小山也不再是带着滑板的孩童，隋安倒还是休闲运动的绅士。

我喜欢用"静默"来串起他们的婚礼，安娜静默守护着他们，治愈了这家人的内心；劳拉静默而去，祈祷美愿延续；隋安静默感恩人生的际遇，承担起身边每一个人的幸福。"静默"是最深的守护。

看着安娜走过水池边，她穿着白纱的倒影很娴静，幸福漫溢。晚宴没有花哨的布置，都是白绿花卉搭配了一些黑色缎带，清丽却时尚。黑色缎带寓意爱的深情与沉默，白绿花卉给人以宽和包容宁静之感。

那场婚礼没有感人的告白和冗长的仪式，他们只是静静燃起蜡烛，共同点亮象征家庭结合的蜡烛。隋安向每一位来宾致以感谢，最后他握住安娜的手说："我想劳拉会感谢你来到我身边，我真的庆幸你来到我生命的每一天，沉默且深情。"

# {04}
## 命运是一枚硬币，厄运也会带着好运

　　不是每一个人都能顺利嫁给所爱的人，那个最后挽着你走进婚礼的人也许是你未曾想到过的。然而，祸福总是相依，爱情世界里也有同样的祸福转换，幸福与否就看你如何看待命运的馈赠。

♂ — ♀

　　在他们举行婚礼之前，我只跟他们见过两次面。第一次来的时候，她身着白色缎面的灯笼袖裙子，面色略显憔悴，可以看出她出门前精心化了妆容以掩饰眼角的疲倦。她的每一件饰品都精致且低调华美，无论是耳边的珠花、手腕的玉镯还是The Row的单肩背包，都展现着她的雅致品味。她让我印象深刻的是眼睛，微微的单眼皮，眼睛不大却很秀美，眼眸中的清丽仿若存了一个江南，但不时会出现一丝落寞，迷离且忧伤。

他穿着笔挺的正装，第一次来的时候上身是浅蓝色的衬衫，下身是白色竖条纹的西裤。他开朗大方兼具沉稳的气质，谈吐自如幽默风趣。在跟这对新人沟通的过程中，新郎提供的参考意见比较多。他要求大气端庄的场面，建议以白色为基调，办一场圣洁端庄的传统婚礼。

当我们问起两位新人是否要在婚礼中呈现爱情故事，或者是否在主题流程方面参考爱情记忆制造一些亮点时，他看了看身边的新娘，新娘一言不发，更加淡然地看着厅里的花束。于是，他很平静地说："我们的爱情很简单，没有太大的波澜，是我主动追求我太太的。"

一般在这个时候，我们总会忍不住追问："决定相守那一刻是怎样的呢？"在多数感情中，细水长流是一种温暖，但是求婚的瞬间通常让人记忆更加深刻，那个时刻经常成为婚礼的主题或者主线，所以每一次我们都会追问。

他低头思虑片刻，抿嘴之后说："时间到了，就会在一起吧，没有什么特别的时刻。"

我们很尊重他们不想谈论感情的意愿，话题就转向宴会的色调、鲜花、音乐这些细节的选择上了。第一次见面，新郎主动提供的意见多一些，新娘则一直保持沉默，偶尔点头，从没有积极参与。

过了三个月，他们来确定最终方案，这是第二次见到她。这一次她穿了一件简洁的黑色毛衣和休闲牛仔裤，尖头黑色高跟鞋很别致，她搽着正红色的口红，被风吹乱的随意卷发披在肩膀上。稍微浓一点的妆容让她看起来精神了一些，但是眼角含着泪水，仿佛是呼之欲出的悲伤或者是秋风带来的湿润。

这一次的沟通，我们没有提及两人的感情问题，只专注于宴会方案。方案很快就确定好了，新郎匆匆忙忙离开，要赶往下一个会议现场，新娘坐在沙发上稍事休息等待司机赶来接她。她突然说："能不能放一些婚礼现场的视频，我想简单看一看。"

我们赶紧为她播放了几个婚礼现场的视频影像，对于每一个视频我们都会为她介绍这对新人的故事和宴会创意点。她很安静地坐着，看着，听着，看到有一对青葱校园情侣的微电影，其中有一段情节讲述两人翻墙逃课，看到这里，她终于笑了。

她看那一对新人的婚礼时非常入迷，在两人讲出爱情誓言的时候，她甚至动情落泪了。我们一直以为她对婚礼没有向往，但现在却觉得她还是有柔情的一面。临走之前，她悄悄跟我说："我想请摄影师和摄像师在婚礼现场不要拍到我的正脸，我不太愿意出镜。"我虽然有些惊讶但还是答应了她的要求，在婚礼前还特地叮嘱了摄影师和摄像师。

♂ 二 ♀

婚礼那天我们很早就到新人家静静等待，她从楼梯上下来的时候已经穿好婚纱了，黑纱腰带还没有捆绑，就那么随意地耷拉在腰间，头发松散凌乱。她光着脚丫，手上提着金色高跟婚鞋。她仿佛还没有睡醒，显得很慵懒。随后，她坐在镜子面前看了看自己的皮肤，打了个哈欠又伸了个懒腰，慢慢地说："请化妆吧。"化妆师打开化妆箱子拿出用具开始为她化妆。她始终没有对妆容发表过任何意见，显得毫不在意，一直保持着让自己舒适的休息状态。

等一切都准备就绪之后，她睁开眼睛，站起来，对着镜子看看，然后扭动一下脖子，放松片刻后穿上了高跟鞋，然后问："是不是快要出门了？"

"新郎车队快到了，你要回到房间中，坐在床上等待。"我说。

这个时候新娘的母亲走过来了，她拉着新娘的手，端详片刻说："我的漂亮女儿今天要出嫁了。"

新娘没有太多的回应，只是稍许不耐烦地说："你巴不得我快点走，我也期待快点离开这里。"

她母亲被噎住了，没有多说一句话，捋了捋新娘脸边的头发，看了看她不耐烦的表情，摇摇头走开了。新娘的父亲站在楼梯上看见这一幕，转身回了自己的书房，直到新郎来的时候才出现。

新郎带着伴郎们一拥而入，遭遇了一些简单的堵门游戏，伴娘们很俏皮，从厨房拿出油盐酱醋茶混合在一起，送到伴郎和新郎面前，让他们将满满一碗一口喝完。伴郎们看了看对方，谁都不乐意，新郎走到前面，端起那只大碗，一口喝完，脸上现出复杂的表情，皱了皱眉头后，说："可以上去了吧！"然后带着伴郎们冲上楼梯攻占了新房。在众人的簇拥下，新郎手拿捧花单膝下跪，将手中捧花送到新娘面前，脸上挂着恬静的笑容，他问："愿意嫁给我吗？"

我其实很担心新娘会让整个现场热烈的场面戛然而止，但是没想到她温柔地回答说："我愿意。"虽然没有喜悦充盈眼眸，但至少让外人看起来这个现场还是有两情相悦的感觉。新郎抱起新娘带着欢呼的人群从楼梯上下来，来到厅正中间，新人跪在新娘的父母面前，献上清茶和米酒汤圆，父母给新人红包。新郎一直很欣喜地参与其间，新娘却略显冷静和疏离。新娘给父亲献上茶的时候，父亲说话了："齐嫣，嫁出去就好好地居家，早日让魏武家添子添福。"

新郎怕新娘冷场就很快接上岳父的话："感谢父亲的祝福，我会让她幸福的。"

新娘的父亲看了一眼不说话的女儿，然后转过头对着女婿露出笑容。

整个接亲仪式都让人捏了一把汗，新娘和父母之间紧绷的张力让人很不自然，从新娘家出来后，人们悬着的心终于可以放下了。出完外景后，驱车前往酒店，宾客已经等候多时了。


宴会最令人心醉的是就绪的一刻，所有灯都亮起，整条通道花香四溢，布景的白色绸缎端庄圣洁，剔透亮洁的玻璃杯、整齐摆放的餐盘、放射状典雅的白兰桌花……让每个步入宴会厅的人都会感受到浪漫与唯美。所有人都在期待她走进来的那一瞬。

那一天她没有不自然，因为不太在意的随性让她反而落落大方。她随着父亲走到通道末端，接过新郎手中的捧花后，跟着新郎走上舞台。新郎魏武说完感谢全场来宾的致辞之后，转身对着新娘齐嫣说："其实我一直知道你对我的感觉，我相信命中有一些相遇和守护是注定的，我能做到的是让你守护你的内心，我来守护你。感谢你成为我的妻子。"

齐嫣抬起头稍许讶异地看着他，魏武看着她暖暖地笑了，拥她个措手不及，在魏武的怀抱里齐嫣有些惊讶和慌张。在场的来宾没能从后台看见齐嫣的表情，他们以为这是拥吻的高潮，热情鼓起掌来。拥抱结束后，魏武牵着齐嫣走过通道，退场去更换敬酒服。

走出宴会厅时，齐嫣呆呆地看着魏武，魏武只是微微笑了，然后伸出手来摸摸她的脸颊，温和地说："快去换衣服吧，后面会很累。"说完自己跨步走开了，仓促地走向更衣间。齐嫣有好一会儿没有回过神来，直到伴娘催促她，她才快步走入更衣间更换红色敬酒服。

喜宴的场合其实非常折腾人，新人换妆三次后还要一一敬酒。魏武精力充沛，但是齐嫣是勉强支撑的。全场敬完酒后，魏武跟几个亲密的朋友开了个新的酒局，齐嫣已经半醉了，努力站着，突然很想呕吐，快忍受不了的时候我搀着她往洗手间走。

她呕吐完毕后，整个人瘫坐在地上，我想扶她起来，看见她满脸的泪花。我便有些担心地问："你还好吗？"

她蒙蒙眬眬地看着我说："为什么是他……为什么不是他……"

我用尽全身的力气把她拽起来，搀扶她走到新房里。此刻新房只有凌乱一地的纸屑和散落的衣物。我扶她坐到床上，为她垫了一个枕头，让她安稳靠着，她看着我，我挤出一丝尴尬的笑容，这毕竟是我第一次遇见这种突发状况，之前她不是很爱说话，我怕这种场合有些尴尬，就只好问她："你需要喝水吗？为什么哭了？"

她说："魏武刚才的话让我陷入……很难受的感觉。你试过要强迫自己把最爱的人忘记吗？那种彻底、绝望、干干净净的忘记吗？不是因为失恋，就是因为不能在一起，你眼睁睁看着他从你身边被带走，撕裂的分离……"

她像是沉默了很久，突然间想找人诉说什么，就像一个人黑夜中走过漫长的沙漠，突然间看见篝火和一位陌生人，也许没有未来，不如跟这个陌生人诉说一生中最美和最遗憾的事，在广袤星空下，红尘几许与君分说。

我通过她的叙述走进一段差点就尘封的往事。


♂ 三 ♀


齐嫣的父亲对她的教育非常严厉，因为家里世世代代都从商，所以父亲很谨慎地教育孩子。每一步都会为她安排好，她生下来命运就注定是什么样子。小学的时候，她必须考好，不然父亲会很长时间都不理她，而且眼神中都是失望的表情。她从来都不曾拥有和父亲牵着手散步晒太阳的记忆，记忆里只有冰冷冷的责怪和严厉的训斥。父亲规划好她要去哪个幼儿园、哪所中学、哪位是她的班主任、哪位是她的同桌，就连选择文理科都是既定的。

她可以跟小伙伴痛快地玩耍，但绝对不能在闺蜜家过夜。她可以跟朋友一起去旅行，但朋友必须是父亲挑选过的。父亲忙完各种事情之后，一定会跟老师询问她在班上的情况。她的母亲从来都只会听从，不会提出任何反对意见。她的母亲忙着跟其他人的母亲攀比，孩子是否乖、成绩如何、最近老公是否又高升。母亲很早就强调她未来的男朋友必须是有钱或者有权的，不允许她随意交往男生。

高中的时候，她交往了一个很可爱的男生。这个男生喜欢踢足球，爱在晴朗的日子奔跑在绿茵地上。这个男孩送过卡片给她，也送过鲜花，还经常送她回家。两人通常走到巷口就停住——恐怕被她家人发现。她很开心这样的陪伴。

直到有一天，父亲回家早了一些，在路口看到两人手牵手，父亲下了车，让她回家去，她不肯，父亲就让司机强行把她拖进去了。

她被带到家里的时候又哭又闹，挣扎着想往外跑，但是被家里的司机和保姆们拦住了。后来再去上学的时候，这个男孩都离她远远的。她拦住问他："我爸爸那天对你说什么了？"

他低着头："请你让开好吗，我们就当陌生人可以吗？"

她还是倔强地问道："他究竟说了什么？我还是我，不是他一个人的女儿。"

他还是不肯看她："请你离开我的世界，好吗？"

她很愤怒，把书包砸在他的身上，然后哭着跑回家。她第一次那么生气地踹门，不管任何人的阻拦，冲到父亲的书房，推开门就问："你究竟对他说什么？"

父亲见她如此盛怒，站起身来，一巴掌拍在桌子上："你怎么敢这样对我说话？！"

父亲走过去，一巴掌把她掀到地上，她嘴角流血，眼泪喷涌而下，她眼睛里第一次拥有了不屈的愤怒。她站起来看着父亲说："我要自己的人生，永远不要你安排！"说完，她愤怒地离去。

# 四

在此之后，她再也不为父亲的眼神而努力学习，她更喜欢上课故意讲话，更喜欢交往不同的男友，喜欢谁就要别人跟她在一起，从原来非常听话的乖乖女变成叛逆少女。她父亲曾经试图再打她，但她侧脸看他，满脸的不屑。这让她父亲的内心十分崩溃，他顺手摔碎了桌上的花瓶，散落一地碎渣子，他转身离开时说了一句："把她送出去！"

听说要被释放出去，内心万分喜悦，翘首以盼的自由没想到终于获得了。父亲把她送到英国东南海滨城市布莱顿的女子学校，贵族式的女子学校让她在各种约束中磨炼。

　　她在这里，一直都是独来独往。不久之后，她注意到了班上一个同样年龄的中国女孩子肖晓。肖晓也是常常独来独往，因为她很瘦小，时常会受到一些强壮高大的女孩子的欺负。她们会嘲笑她的辫子，嘲笑她的穿着，嘲笑她的发音。终于有一天当那几个肥头大耳的女孩捉弄肖晓的时候，齐嫣暴怒了，她冲过去打了领头的女孩子一拳，一瞬间本来很强势的领头羊变成了瘫在地上嗷嗷哭泣的小女生。另外两个孩子见势头不对，马上转身就跑了。齐嫣拽着哭哭啼啼的肖晓从教室离开，在卫生间用水帮她清洗膝盖上的污渍。

　　齐嫣有点忿忿不平地问：“你为什么不抗争？你难道不知道要保护自己吗？”

　　肖晓一边抽泣一边说：“我力气小，没办法保护好自己。”

　　齐嫣一边翻着白眼一边从包里抽出纸巾递给肖晓。以后的日子里，肖晓一直跟随着齐嫣，两个人一起上课，一起自习，一起游戏，两个孩子在异国相互信任，相互陪伴。其实齐嫣很羡慕肖晓，因为肖晓的爸爸温暖贴心，肖晓晚上都会接到爸妈的电话，问候肖晓一整天的生活状况。肖晓的父亲是位企业家，凭借自己的能力白手起家，晚年得女，所以分外宠爱。再加上整个家庭本来其乐融融，肖晓就成为一个快乐阳光的孩子，只是胆小了一点。齐嫣显得比肖晓成熟、冷漠、蛮横任性、爱恨分明。她很少接到家里的电话，纵然有电话也是她妈妈打过来的，只会问她钱够不够用，而她只会很冷漠地说：“你有的话，就打我卡里，在国外花钱的地方很多。”

齐嫣的母亲不知道该怎么回答，多数时间还是会给她打钱，但总是在挂断电话后跟她的父亲抱怨这个孩子的态度。父亲越发生气，父女二人就这样一直硬碰硬，冷漠到底。齐嫣跟父亲的隔阂很深，但是因为距离远的关系，双方暂时相安无事。

齐嫣和肖晓一起在英国生活了六年，在第四年的时候齐嫣遇上了今生最爱的人。那时候学校管理严格，齐嫣意外发现学校墙壁相对低的地方，还有一处有一个缺口，她想带着肖晓溜出去，去感受外面小镇上的夜晚。

这一天明月如水，靠近海边的布莱顿总是湿漉漉的。她们翻墙而出，湿漉漉的石板路上是她们两个小女孩的影子。布莱顿是个旅游业比较发达的城市，靠近海滨有很多迪厅、酒吧、夜总会，肆意的狂欢展现着夜晚的开放。第一次在午夜来到小镇上，两个仿若从修道院跑出来的小女孩，想闯入这种五光十色的地方，感受冒险与新奇。

她们进入一家酒吧，因为身上保守的穿着与黄色皮肤，招来了很多异样的眼光。显然，她们与周围环境格格不入。她们选择靠近角落的桌子坐下，不知道点什么，就随手指了两种，服务员有些疑惑地请她们出示身份证明。齐嫣自豪地出示代表自己已经成年的身份证明，肖晓也跟着出示，服务员满意地点了点头，示意稍后会为二位端上酒品。服务员走后，她们彼此对望然后大笑，嘲笑刚才彼此那么紧张。两个人安静坐好后，观察酒吧周围的环境，好奇地探索着这个从来没有涉足过的世界。

齐嫣环视一周，没有发现什么特别之处，正要准备去一趟洗手间的时候，她的胳膊仿佛被什么撞了一下，鞋子上被泼了酒，回头一看，一个中国男孩端着酒杯愣愣地看着她，酒洒了一地。男孩显然是无心之失，就在他要开口说对不起的时候，齐嫣愤怒地说："干什么？撞到了！"齐嫣特别喜欢这双鞋子，这是她自己送给自己的生日礼物。

他有些愕然，但还是说："对不起，刚刚没看到，不小心就撞到了。"

齐嫣有些不耐烦说："莫名其妙，我的鞋子都弄脏了！"

他见她嗔怒的表情很可爱，想逗她一下，就趾高气扬说："那又怎样？还有我不叫莫名其妙，我叫郭骏凯。好好一个淑女，怎么可以这么不通情达理？"

齐嫣没办法辩过他，气得直跺脚，憋足劲想伸手打他，挥到空中的手被郭骏凯一把抓住了。她就像是脱缰的小马，遇见了一个技艺高超的驯马师，被绳子拴住的一瞬间，她竭尽全力想甩脱，但是郭骏凯身高1米8，高出齐嫣一个头，手臂很有力量，她被抓得死死的。齐嫣是个很倔强的女孩子，一般女孩子这会儿都会服软说一声"捏痛了"，男孩子肯定立刻松手。但她偏偏不服软，一直挣扎，另一只手还试图去打他，也被牢牢地捉住了。最后她站直了，用仇恨的眼神死死盯着郭骏凯，郭骏凯此刻被她眼神中的东西吸引了，一种无可救药的倔强，宁为玉碎不为瓦全的"蛮横"，他笑起来："你还真的很倔！"

齐嫣大声说："放开我！跟我说对不起！"说完还是很愤怒地盯着郭骏凯，只是这次她突然发现眼前这个大男生脸庞出落得英俊，眼神中的东西其实很温暖，她想抗拒这种感觉，就扭头不看他。

肖晓看不下去了，冲上前去："不要生气了，只是鞋子脏了，你们别再闹了。"

郭骏凯看了看肖晓，然后对着齐嫣说："看在你温柔朋友的面子上，放开你，倔强的丫头！"

郭骏凯松手后，齐嫣缩回手臂，手腕上是被捏红的印记。郭骏凯这会儿心生怜悯，忙说："对不起，还是捏痛了吧？"

齐嫣低着声音说："没关系！"或许是累了，或许是被刚才的情景镇住了，或许只是因为他眼神中的温暖，齐嫣没有了刚才那么尖锐的情绪，她默然无声，拉着肖晓转身就离开酒吧。

此刻郭骏凯有些莫名其妙，他伸出一只手想抓住她们，同时叫了一声："唉，且慢！"但是她们很快就消失在了人群中，他呆呆站在原地，没有追出去，然后用手挠了挠后脑勺，低着头傻笑了一会儿，直到他旁边的朋友拍了拍他，他才回过神来。


齐嫣拉着肖晓跑得飞快，肖晓跑不动的时候，便站在路上说："慢……慢点，我……跑……不动了。"说完蹲在了地上。齐嫣回过头来，走到肖晓身边说："好吧，休息一会儿，我们该翻墙回去了，不然会被查到的。"于是就在肖晓旁边蹲下了。

肖晓看着齐嫣，一边喘气一边问："你……为什么……跑了呀？"

齐嫣抿了抿嘴巴说："那个人讨厌！"

肖晓说："那你也没必要拉着我就跑了啊。"

齐嫣也迷惑了，为什么自己当时就一心想往外跑，不想再看到他的眼睛？她有些被吸引，但更多的是抗拒。齐嫣没有说话，站起身来，示意肖晓该起身回学校了。回到各自的寝室，肖晓累得不行很快就入睡了，但是齐嫣有些异样，很久都没有睡意，好不容易天快亮的时候才睡着。

# ♂五♀

　　附近的学校联合起来举行划艇比赛，女校的学生终于可以不闷在学校里，她们纷纷前往去当志愿者或者观众。齐嫣和肖晓被安排为选手们登记号码。晴朗的日子，她们坐在河边等待每个学校的选手前来登记。风和日丽，心情也分外地好，她们满心期待着划艇比赛的开始。学校的队员们陆陆续续来到她们面前，齐嫣登记完一个号码，抬头看，一个大高个挡住了阳光，等她看清楚脸庞的时候，心抽了一下。他微笑着说："好久不见，倔丫头！"

　　齐嫣笑了，说："你谁啊？不认识。"

　　郭骏凯笑笑说："你应该不想让大家知道我们在哪里认识的吧？那一面印象深刻，要不要我帮你回忆一下？"

　　齐嫣一下脸就红了，嗔怒了，说："你的号码、名字、队名报上来，快点，后面还有很多队员！"

　　郭骏凯摸了摸后脑勺说："郭骏凯、David、9号，威尔士矮人队，身高1.81，长相英俊……"

　　齐嫣把他打断了，大声说："下一位！"

　　郭骏凯对着她笑了："唉，待会看我比赛哦！"说完揉了揉鼻子，阳光下他就是一个爽朗无忌的大男孩，他眼中还是那种没有拘束的自然温暖。

　　齐嫣没有回应，但是微微笑了。肖晓把这些都看在眼中，她对着齐嫣说："你为什么脸红咯？哈哈。"

齐嫣说："去去去……快登记。"说完故作镇定。

那一天有很多支队伍，齐嫣一直等待着威尔士矮人队出场。听到他们准备就绪，她努力拉着肖晓钻到前排去，看见9号的郭骏凯坐在前面的位子上，500米的赛程眨眼的功夫就结束了，第一轮郭骏凯的队伍遥遥领先率先进入前8。他看见河边的齐嫣，手挥着船桨，对她吹了个口哨，齐嫣在岸边捂着嘴笑了。

郭骏凯的队伍势如破竹顺利进入决赛。虽然这个时候多数队员都很疲倦，但他还是那么神采奕奕，白色队服、蓝色船桨、红色皮艇，无疑是比赛中靓丽的风景。决赛开始了，刚开始的时候他们出发比对手慢了一点，中间段的时候加快了划桨的速度，顺利反超，最后撞线的时候仅仅比对手快了0.5秒。听到比赛的结果，全场沸腾，郭骏凯握紧拳头吼了一声，他跳下皮艇，游到岸边，把齐嫣抱了起来，齐嫣吓了一跳，挣扎着跳下来，却被他抓住了，抱个满怀，然后郭骏凯吻了齐嫣。她还在挣扎着拍他，但是渐渐被融化了，抱住他的后背整个人天旋地转。

在一片欢呼中，他们忘情地拥抱着彼此。齐嫣的世界里第一次有那么一个温暖的人如此亲密。这样的温暖和热度是她渴望已久的。郭骏凯就像一阵飓风也像一只温暖的手掌，出乎意料闯入齐嫣的世界，让她的世界一瞬间驱散了冷漠，艳阳高照，活力四溢。

后面的两年是齐嫣人生中最快乐的日子，有肖晓的温暖的友情陪伴，有郭骏凯的无限宠爱。他们游走欧洲各个国家，游山玩水，一起享受美好的时光。虽然有小争吵，但是郭骏凯知道齐嫣是个没有安全感的脆弱女子，所以一直怜惜守护她。齐嫣喜欢郭骏凯爽朗无垠的心境、大男人的胸怀和无所不至的温暖。

最快乐的日子总是飞逝而过，齐嫣回忆到这里感慨良多，默默地流下了眼泪。我帮她重新调整了一下枕头，端来一杯水，期望她能舒服些。

她声音压低了说："谢谢你陪我，这些听起来是不是很乏味？"

我说："没有，我愁苦的是之前你一直都很沉默，你在我心里是个谜。"

她笑了，缓缓地说："这段往事埋藏了几年，如果不是今天这种情绪，或许我会把这个故事藏一辈子，不再去回忆生活里那么美好的时刻。现在想起来都有些难以置信。后来我的父亲要求我提前回国，我不是很愿意回国，但是他们坚持跟校方交涉，让我提前回到国内。后来，我只能通过电话跟他维系感情……"

## ♂六♀

齐嫣不太明白父亲为什么要那么着急让她回国。后来她明白了，原来父亲好友的儿子魏武已经从美国回来了，大人商定要让两人筹备婚礼。齐嫣回到家知道这个消息后，掀了桌子上的整个茶盘，她竭尽全力吼道："你们把我当什么了？我是你们的女儿，有血有肉的女儿，不是你们的棋子！"

那个寒冷的家里连回音都没有，只有一旁哭泣的母亲和脸色更加凝重的父亲，冷得空气几乎都要完全凝结了。她冲回自己的房间，闷在里面不肯出来。她拨通了郭骏凯的电话，但是他没有接。一瞬间她陷入了无限的失落中。她靠在床边只能一直哭一直哭，哭到累了睡着，郭骏凯打过电话来的时候，她完全没有听到。等她醒来的时候，发现自己身在医院，原来是家人撞开她的房门，发现她瘫在床边不省人事，急忙送往医院的。她想要找自己的手机，打电话给郭骏凯，让他带她离开这里。可是，她的手机被父亲拆开丢到垃圾桶里了，上面显示郭骏凯的64个未接来电。在父亲的心中，最稳固的联盟就是联姻，父亲怎么可能放过这个机会？

齐嫣就这样被软禁了，她房间的电话被撤走了，一日三餐都是保姆送进去，开始她想节食，但是后来她想明白了，如果节食的话就再也没有机会离开这个冰窟，所以她要挣扎着活下去，活下去就有可能再见到郭骏凯。

过了一段时间，父亲安排她跟魏武见面。两家人一起吃了一顿便饭。齐嫣为了能够争取机会与郭骏凯联系上，那天她没有顽强抵抗，一反常态打扮得非常美丽出席了那个晚宴。桌上父亲与叔叔相谈甚欢，她也表现得较为得体。她期待争取一个机会能够离开家门，于是跟魏武聊起天来。魏武之前听说过齐嫣的一些事，看齐嫣那么起劲地聊天，就料想齐嫣是想找机会出去。魏武第一次见到齐嫣，感觉她果真如故事中描述的性格类似，柔弱中有一种抗争的坚韧。两个人聊了一会儿天，他主动提出要带齐嫣出门走走，双方父母很开心，马上就同意了。

一踏出门，魏武说："你想出来透透气，对吗？"

齐嫣说："你居然看出来了，多谢体谅。"

魏武点点头继续说："其实我跟你一样，从心里很抗拒这种安排。但是后来我发现一件事，人出生在哪里，选择怎样的路，会遇见怎样的事，很多都是既定的，何不享用这种安排。"

齐嫣冷笑了："那我只能告诉你，你遭遇的冷漠还不够多。把你手机借我一下吧？"

魏武有些诧异，但还是很温和地递出了自己的手机。

齐嫣一把拿过手机，快速拨通了那个她念了很多遍的电话号码。"嘟嘟……嘟嘟……嘟嘟……"终于通了，话筒对面传来"喂，你好！"的声音。

齐嫣说："骏凯，是我，我是齐嫣……"刚说完没多久，就哭了。

"你在哪里？我和肖晓找了你好久，你的手机不通。打你们家电话，你的家人说你在度假，请不要打搅你。我心里这些天都觉得很不踏实……"郭骏凯语速很快，一直追问。

齐嫣一边抽泣一边说："你可以回国带我离开这里吗？我被爸妈困在这里，他们让我嫁给其他人，你快回国带我离开！"

"你等我，我马上启程，我去你家带你离开！"郭骏凯斩钉截铁地说。

齐嫣呜咽着说："嗯……骏凯，我想你，快点来。"

郭骏凯说："好的，一定等我！"

……

魏武在旁边看了个大概，他拿出自己的手绢，温柔地说："拿着，擦一下眼泪，不要被发现了。"

齐嫣从心里感激魏武的绅士与贴心。魏武说："在你成功逃离之前，请务必跟我好好约会，不要让他们起疑心。这样你才有更多追求幸福的机会。看，这个就是我说的，为什么不享受生命的赋予呢！"

　　齐嫣觉得能够遇见魏武很幸运，在这种时刻还能那么绅士地出手相助。第二天郭骏凯下了飞机，直奔齐嫣家，他被拦在门口。他一直叫着齐嫣的名字，齐嫣听到了，非常兴奋地从楼下跑下来，直奔门口，却被司机挡住了，齐嫣说："快让开，我要出去！"

　　司机很冷静地说："老爷说了不能让小姐出门。"

　　齐嫣急促地说："我爸不在，你快让开！"

　　齐嫣的母亲听见争执，有些心疼女儿，便让司机放行。齐嫣的母亲知道怎么样都没办法改变这对父女的性格，但是她心里很明白，有些事情是注定了的，齐嫣纵然试图改变，结果也是一样的。

　　齐嫣见到郭骏凯的时候兴奋极了，她奔跑着出去，看见他的那一刻心都快飞起来了——他真的来接她了，带她离开这里，她只想离开这里。被权力禁闭的感觉太压抑，见面的时候他紧紧拥抱了哭着的齐嫣，然后牵着她离开。齐嫣离开前回头看了一眼她的家，然后再也没回头地往前走。他们或许没想过怎么那么轻易就离开了，那时的他们幻想着拥有自由，齐嫣以为从此可以永远离开寒冷的家，可以去感受郭骏凯带给她的温暖与依靠。

　　"我原以为那样我们就可以开始新的温暖生活，不再受家庭的影响。我太天真了，父亲后来的所为让我今生都很难再原谅他。我没想到他真的可以将任何事情都作为家族的筹码。"她眼神中没有怨恨只有波澜不惊，声音如此平静，就像最后的疲惫的陈述一般，没有希望也没有任何期待。

原来，齐嫣的父亲很早就知道郭骏凯，而且了解他的家庭，并且知道郭骏凯的父亲也从商。人的交际圈子其实很小，如果在一个地方且都在同一圈层，那么交际圈就更加狭小了。齐嫣离去后，她的父亲掐住郭家一桩生意的命脉。这桩生意是时局之下无奈的结果，同时也能为魏家带来一笔巨大收入。

　　如果想要齐嫣的父亲松手，必须交回她的女儿，并且让郭骏凯尽快结婚了断他们之间的情感。商场上色利诱惑、权力压榨才是真正的兵不血刃。郭骏凯竭尽全力想拯救父亲的这笔生意，摆脱齐家父亲的钳制，但是之前没有警惕到已经被扼住了喉咙，这一次的角力让他备受伤害。如果不是郭骏凯的父亲来到齐嫣面前哭诉，齐嫣根本不知道发生了什么，郭骏凯将她保护得很好。齐嫣了解清楚之后，陷入悲痛中，郭骏凯紧紧抱着她说："我不会让你回去的！"

　　齐嫣抽泣着："你太不懂我的父亲了，让这一切终止吧，我才是症结。"

　　郭骏凯焦虑地说："我们都抗争那么久，你眼中还有着倔强，为什么要放弃？你不能跟你父亲沟通吗？"

　　齐嫣冷笑了："沟通？你好天真，我们从小都是搏斗，只是我始终跳不出他的五指山。我想要过自己的生活，但是他构建的地球引力好强大，无时无刻不让我双脚被束缚。和你在一起的日子，就像脱离地球引力一样。我没有任何事情可以自己安排，唯独这颗心，能够自由安排，唯独感情，不由他控制。"

　　郭骏凯捶胸顿足，埋怨自己为何没有足够的力量去保护自己心爱的人。那天之后他陷入深深的沉默之中。他始终不肯妥协，直到他的父亲拉着母亲哭着对他跪下，他只得无奈地跪在地上对父亲说自己不孝。他父亲老泪纵横，抱着儿子说："是我没用，连你的幸福都保护不了，你怪我也罢。"

郭骏凯很想说什么，但最终他一句话也没有说，只是紧紧抱住父亲。弱肉强食是商战很真实的写照。只是这一次胜败决定了他们幸福的走向，这些都是他们始料未及的事情。这一次败得好彻底，而齐嫣已经再也没有力气去跟自己的父亲挣扎了。

## ♂七♀

"看着郭骏凯娶肖晓的时候，已经都不会痛了，当你明白这背后的一切，只有一种权力之下的绝望。从看见他们父子拥抱的时候，我的心就撕裂了。亲情这种东西在父亲世界仿若隐形，很难想像他的内心世界。总之他给我带来只有对这个世界的冷漠。郭骏凯为我点亮的世界最后都碎裂了，只能主动去忘记最爱的人。让剩余的时光留在撕裂之后的宁静中，一种爱的永寂。"她最后说完了，叹了一口气，头向后靠，闭上眼睛感受掏空后的疲倦。

本来只想等她疲倦入睡后静静离开——我是一个很好的聆听者，想静静存在心中，不料，她睁开眼睛看着我说："只有你一个人听过并听完我的故事……"

其实我想说："你是否留意到命运带走了郭骏凯，又为你送来一位魏武。他和你生活在一样的圈层，也许感受同样的家庭氛围，但是他在磨炼自己的心智。相信他会带给你一个温暖且平静的生活。郭骏凯给你的是青春的自由，魏武给你的才是幸福的细水长流。"

但是我不想点破，只是说："是的，听完了，你像一位旅人累了，在我这个驿站休息片刻，会有人载你到温暖的地方，我相信魏武，也相信命运。"

命运给每一个人安排了不同的剧本，总以为破涕而笑的时候会是皆大欢喜，却发现急转直下进入绝境，或者本以为绝境无助的时候却发现柳暗花明又一村。命运的硬币有两面，绝境逢生、柳暗花明后的宁静才能感受到幸福的常态。

齐嫣拥有着一段最美好的记忆，太过完美的短暂爱情，她自己都难以置信的幸福相遇和相守，后来爱情就卷入到一层一层的角力中直到完全碎了。家庭的命运注定了她婚姻的命运，虽然她一直陷在一段爱情的美好追忆中，但是现实中各种环境和条件是不允许她在爱情上有自由意志的。

**中国人讲究门当户对，很多时候都是因为关联到家族的发展。但是是否未能嫁给所爱的人就是厄运？魏武做了最好的注解，他带着温文尔雅的风度和体贴一直在齐嫣身边陪伴，尽可能地去治愈她。命运是两面的，看你用什么样的方式去看待。存着爱的心总会体会到他人的温暖。终究有一天，齐嫣会感受到魏武为她带来的，才是更加恒定的细水长流之爱。**

# { 05 }

## 你再也找不到像他这样爱你的人

　　我们每个人都希望在短暂的人生里遇到一个可以拼命去爱的人，也希望遇见一个拼命爱自己的人……我们总想遇见一个完美的 Mr.Dream，既可以给自己爱情又可以给自己生活。面包和玫瑰都想要，人总是很"贪心"。

　　只是世间的事往往没有那么圆满，青春总会留下遗憾，总有差点要说出口的誓言，总有差点要叩响的心门，总有差点要牵着手走一辈子的人，总有擦肩而过的那个"**最爱你的人**"。

♂ — ♀

　　初冬时节，重庆的天气很湿润，晨雾掩住了那些高耸入云的大厦，让外出工作的人们心底很温润，我恰巧就在这样的天气，遇见了这对恬淡相宜的新人。

他们拥有让人印象深刻的身高差，男士接近1米8，女士1米6不到，牵着手走进来的时候，影子把这种差异呈现得更加明显。新娘叫秦怡，是一名历史老师，新郎叫沈家齐，是一所高中的数学老师。秦怡留着日式的披肩直发，短短的齐刘海，温柔的双眸，用"端庄"二字形容她，最适合不过了。沈家齐高高瘦瘦的，戴着眼镜，非常斯文，话不太多却很喜欢笑。

秦怡喜欢的多是经典传统的东西，比如朱丽叶·比诺什、《恋恋日记》、樱桃小丸子……这些温暖细腻的事物。沈家齐多数时间没有什么意见也很少说话，但是在关键时候，他都是做最后的定夺。秦怡最后挑选了几套精致、质朴、低调的婚礼仪式仔细端详。我们问起两人是否要将爱情融进婚礼现场中，秦怡想了想说："我们是大学毕业找工作的时候相遇的，我们被同一所中学聘用了，他教数学，我教历史。这个过程中一来一往，慢慢聊天就熟络起来。这个要怎样融进婚礼现场？"

"蛮有缘分，缘牵怡家，也容易让人想起'桃之夭夭，宜室宜家'的典故。主题可以呈现在请柬、流程、主持人的说辞中。"我缓缓地说。

秦怡很喜欢我描述的调子，最后选择了新中式的婚礼，主要元素运用青花瓷和白兰，用剪影的方式在舞台中间呈现两个人牵手的幸福模样。运用中式青花瓷纹路做了一个屏风放置在合影区。他们给宾客的回礼典雅而精致，是一块绣了蓝色布艺纽扣且印着两人名字的手帕。

原以为这会是一场很平和的婚礼，其间无意中来了一段小插曲，让人思忖良久。

婚礼那天，新娘身着香槟色婚纱和新郎同时抵达婚礼现场，和朋友拍完几张合照之后，她的大学室友走了过来，新娘高兴得抱住室友说："还以为你在外地不回来了呢！"

她室友说："你结婚我一定要来，好期待接到你的捧花。哦，还带来一个人的祝福。"说完她从皮包里掏出了一封信和一个红包，递给秦怡。秦怡看见信封上"致秦怡"的字迹出神了片刻，然后抬起头看着她的室友问："是他吗？"

她的室友抿着嘴点点头，然后说："是的，他还是希望能够送上一份他的祝福。他说一直希望你能幸福安好。"

笔直站着的秦怡突然像没了力气，松垮了肩膀，微微后退了一步，叹了口气说："都过去了。你快进去坐好，我去换衣服，仪式很快就要开始了。"秦怡拍拍室友的肩膀，拿着书信和红包就急匆匆前往化妆间。

我陪同她进去的时候，看见她看了看信封，然后把信件和红包一并收到了自己的储物包里。随后她自然地坐在镜子面前，等待化妆师为她换妆。她收敛了迎宾时候的笑容，端详着镜子里的自己，陷入了沉思，直到化妆师让她起身更换仪式纱时，她才恍然回到现实生活中。

我陪着她站在门口，等待着仪式的开始，听到主持人说："大家的目光都朝向门口，今天，最幸福的新郎将迎娶美丽的新娘。请打开幸福之门，有请今天最美丽的新娘。"

门打开的一瞬间，追光射过来，非常耀眼，所有人的目光都聚焦在她这里，她仿佛在沉思中还没有回过神，如果不是她的父亲拽着她往前迈步，她会出神地一直站在原地。真让人提心吊胆。后来她进入佳境再也没有走神，顺利完成了婚礼仪式。她从台上走下来的时候，使劲拽着老公的手，他问她："怎么了，紧张吗？"

秦怡说："不是，就是想抓着你，不分离。"

沈家齐笑了，他轻轻在她耳边说："你刚才的誓词还没有这句动听！"

秦怡瞥了他一眼，说："都比你那句'老婆，我只爱你'，干巴巴的表白要好很多，哼。"她说完后，沈家齐傻傻地笑了。两人走出宴会厅的时候，沈家齐见秦怡穿高跟鞋腿不舒服，一瘸一拐，索性就把她抱起来了。1米8的沈家齐非常轻松就把秦怡抱得妥妥的。秦怡像一只白色小鸟窝在沈家齐怀里，她有些羞涩地低下头，但还是紧紧地搂着家齐的脖子。两人很甜蜜地走进化妆间，去换敬酒服。

跟随到这里，我放下心来，但看她情绪的细微变化，猜想她内心的波澜还是不小的。后来他们非常迅速地敬完酒，沈家齐被父亲叫过去陪几位叔叔聊天，秦怡就自己拖着疲惫的身躯走进化妆间。婚礼的事情差不多结束了，现场也已经基本交代清楚，于是我过去跟她道别。走过去的时候，发现门没有关，只看见她趴在桌子上哭泣，手中捏着那封信。我担心现在走进去会干扰到她，就退了出来，把房门轻轻带上，挂上酒店"请勿打扰"的牌子，然后离开了婚礼现场。

## ♂二♀

两个月后，秦怡和沈家齐的婚礼视频和照片出来了，我家距离秦怡家很近，打算下班的时候顺道给她带过去。

那是个周六的傍晚，夕阳很绚丽地在城市轻轨线上缠绵，一晃而过的轻轨没有扰乱夕阳的景致，多了一份城市的灵动。夕阳沉下地平线时，两边华灯初上，万家灯火为这个城市平添了一份家的温暖。秦怡家在27楼，按过门铃之后，秦怡探出头来，对了我笑了，她说："好久不见，快进来！"

我打算送完资料就赶快离开，于是把资料递给她就说："不了，不了，还要赶回家，这会儿天都暗了。"

秦怡说："来吧，来吧，来我家里坐坐，刚刚煲好莲藕汤，家齐就打电话说不能回家吃饭了，今晚备战教研组的比赛，也不知道会不会通宵。你快来陪我，品尝一下我的手艺，上次还没来得及好好谢你，你就走了。"

秦怡很热情，我就掩饰住尴尬换了鞋子，进入她家。家里温馨典雅，象牙白的墙壁上有浅粉色的小碎花，两个厅衔接的门都有浮雕花纹装饰，橄榄绿的桌布、浅黄色的餐具、雅致的小盆栽、零散在阳台的几本书……每一处都呈现细腻的雅致。

她示意我先坐下，然后从厨房端来冒着热气的砂锅。揭开锅盖的时候，藕汤的清香味一下子飘散出来，她解下身上的碎花围腰，放在一旁，然后我们围着砂锅席地而坐。她家的地毯很柔软，地毯上有素雅的波纹。男士在外打拼一天，回到家见到这样的佳肴，感受着温馨的氛围，想必一定很暖心。

我陪着她开始慢慢品尝她烹调的晚宴，我想起婚礼时候她的异样，就问她："婚礼那天，我们有没有没做好的地方？说出来让我们今后好改进。"

她低下头，然后比较缓慢地说："那天默默离开化妆间的人是你吧？"

我笑了笑，说："人总有些特殊的时候，想要宁静消化。"

她看着我说："其实那天心里波动很大，不怕你知道，结婚那天收到前任的礼物和祝福，很难镇定。"

我静静地看着她，没有说什么，这种时刻不知道该如何安慰才好，但又觉得不说什么会让此时氛围更加尴尬，就只好说："过去的事情，只要是美好的都会动容。"

她看着我，些许苦笑："如果错过最爱自己的人呢？我有一位朋友说过，我也许再也找不到那么爱我的人了。"

我就静静地看着她，她看我洗耳恭听的样子，调整了坐姿，开始娓娓道来这一段擦肩而过的青葱爱情。


♂ 三 ♀


他们相识于大学，崔浩遇见秦怡的时候是个喜欢踢足球的大男孩，黝黑的皮肤、瘦弱的身材、带着家乡口音的普通话、笑起来就看不见眼睛。他带着黑框眼镜，走路和说话都很快，办事也是雷厉风行。崔浩心地善良且负责任，班上的大事小情他都热心帮忙，成绩也一直很不错，是一个热情果敢的男孩。

　　大一开学没多久，秦怡寝室四个女孩子跟另一个寝室的四个男孩，结成快乐的自行车兴趣小组。从住宿的地方到学校大约需要半小时车程，他们纷纷购买了自行车，闲暇的时候就骑车游玩，上课的时候就一同骑上自行车往学校方向有说有笑地前行。他们最欢乐的相聚就是在寝室楼下吃早餐、晚上回来喝奶茶。


　　寝室楼下有一条笔直的小街道，街道两边有新鲜的水果店、甜美的蛋糕店、热闹的理发店、杂物齐备的小卖部、暖暖灯光的奶茶店。他们一群人经常相聚在奶茶店门口，相互开玩笑或者讲述一些有趣的事情。

　　秦怡每次都点椰果奶茶，渐渐地崔浩就记住了，总会在无意间就帮她点好。但是每一次都是另一个男孩蒋元主动拿给秦怡。秦怡对蒋元的绅士行为很感谢，蒋元也趁机跟秦怡热聊起来，时常用笑话让秦怡开心。崔浩只是默默地看着，偶尔埋怨自己没有那么大方和幽默的性情能够让秦怡开心。


　　一个很晴朗的周末，他们一群人骑着车出行，绕着城中的湖泊走了一圈，途中经过鸟林、植物园等地方。9月入学之后，晴朗的日子很多，骑车出行的那天他们都很愉快，蒋元还特地关照秦怡，时常跟秦怡聊音乐、文字。蒋元骑车在前，秦怡就会紧跟在后，秦怡偶尔超过去，蒋元又瞬间改变了局面。两个人嬉笑间很开心，崔浩只能看在眼里，心里有些不太愉快，但是一直没有显露出来。

　　骑完车，他们一群人在一起简单聚了个餐，在准备散伙的时候，大家起哄让秦怡、蒋元两人单独留下。崔浩愣愣地站着，看改变不了什么就随着众人走了，留下秦怡和蒋元面对面站着，秦怡心里很紧张，不知道蒋元会说什么。

　　这个时候蒋元主动靠近秦怡说："喜欢听歌吗？我唱得很好听。"

　　秦怡退了两步说："别玩了，有点晚了，我要赶回寝室接家里的电话了。"

　　蒋元拉住秦怡说："你怕什么，再玩一会儿吧！"

　　"实在抱歉，我还是想要先回去了！"秦怡甩开了蒋元，心里觉得不太自在。

　　"得得得，我又没有勉强你，算了，你走吧！无趣。"蒋元的兴致一下没有了，他挥挥手就走了。


　　后来蒋元又主动邀请了秦怡两次跟他单独约会，最后一次想要表白，蒋元直接拦住秦怡说："听完我的心声再走吧！"说罢自顾自地唱了起来，秦怡看着有些愕然，一个男孩居然在寝室楼下开始独自唱歌给她听，她觉得很惊喜，脸红红的。后来蒋元想牵秦怡的手，秦怡还是很快闪躲了，她不知道这样是否太仓促。而蒋元有些受挫，脸色暗了下来，但随后又缓和地说："看来你听够了，快回寝室吧，太晚了。"说完，转身就离开了。

　　秦怡觉得有些尴尬，没有多想就回寝室了。一进门就被追问刚刚发生什么了，秦怡很害羞，就说"没发生什么，就刚才他唱了一首歌"。寝室姐妹们就起哄，秦怡只是笑了笑。

但是后来，蒋元就不再主动靠近秦怡了。原来蒋元跟男生打赌几周要追到秦怡，但是没有成功，所以觉得有些挫败和无趣，之后就对秦怡没有太多兴趣了。

他们8个人还是偶尔相聚，秦怡也没多想什么，但是蒋元不再像原来那样在秦怡身边跟前跟后，转向进攻另一个女孩。那个女生对蒋元很关照，恰如其分地开着玩笑，而且善解风情。他们相处起来越来越合拍。没几天他们就在一起了，蒋元很快就送给女孩一件红色毛衣，女孩送给蒋元一件外套。两人出双入对进出校园。

秦怡完全不明白发生了什么事情，她觉得蒋元前前后后的变化太突然了。直到有一天，她无意中听到蒋元跟旁边人的对话。另一个男生问蒋元："嘿，你前段时间不是还在追那个秦怡，这么快就攻占另一山头啦？"

蒋元"呵呵"了两声，然后说："那个女的好装，装什么淑女。吃饭也是，走路也是，想牵她还躲，太无趣了。"

那个男生说："你这话过了，大一的女生，不会那么开放的。"

蒋元笑了："这你就说错了，现在我家那位……随时惊喜……哈哈。"说完就大笑起来，非常刺耳，非常猖狂。他们走着走着才注意到秦怡就站在附近，那个男生看见秦怡说："原来你也在，秦同学你好，我先走了。"说完拍了拍蒋元的肩膀拔腿就跑了。

蒋元说："哎哟，你在附近啊，哈哈，不知道淑女有没有听到不开心的话。"

秦怡当时心里非常难受，但是她强忍着眼泪，说了一句："有人在说话吗？我听见动物在叫。"

蒋元有些被激怒，伸出拳头，但是又忍住了，然后讥讽地笑了："你，淑女嘛，看你能装多久。"话音刚落，说时迟那时快，蒋元的脸上就挨了一拳头，他捂着下巴摔倒在地。抬头一看，崔浩正指着他说："闭嘴，你闹够没？不许伤害她。"

秦怡看到这一幕惊呆了，她都不知道崔浩是什么时候出现的。崔浩一拳打倒了比自己高半个头的蒋元，然后拉着秦怡就走了。走到操场的时候，秦怡甩开了手，摸了摸自己的手腕，然后说："牵痛了，你力气太大。"

崔浩有点尴尬地挠了挠脸，然后笑着说："对不起，刚才太冲动了。"

秦怡微微地说："谢谢你。"

虽然秦怡声音很小，但崔浩还是听到了，崔浩笑得特别开心。

秦怡被逗乐了，捂住嘴笑了起来，然后问："你怎么刚刚冒出来了？"

"正好路过，听到蒋元在说那些话，本来想训斥他一下，正好看见你们碰上了。我就没出声在旁边，有些担心他说话会伤害到你……"崔浩安静地说起刚刚的事。

"真的很感谢……幸好当时有你。"秦怡很认真地看着崔浩。

女孩子第一次动心却被戏弄成为笑料，秦怡其实当时很受伤，在某个深夜，她去洗手间的时候想起这些，还是独自哭了好久。虽然崔浩最后解了围，但是那种被人当作傻瓜的感受着实让秦怡很难受。在此之后，秦怡比原来更加果敢和犀利，川妹子的性格显露无遗。崔浩在此之后更体贴秦怡，让秦怡感受到温暖和真诚。

## ♂ 四 ♀

他们再去喝奶茶的时候，崔浩会很自然地告诉店员要一杯椰果奶茶、半糖、少冰；一起去逛街的时候，崔浩总会走在秦怡的左边；一起去骑自行车的时候，崔浩总是跟在秦怡后面，虽然有时候秦怡故意慢慢骑或者一会儿又飞速蹬，让崔浩措手不及。她总是嘲笑他笨，崔浩则淡定地笑笑，毫无怨言地守在她身边。

崔浩有时候像秦怡的姐妹，她要逛街，要吃酸辣粉，要吃烧烤，崔浩都一直陪着，尤其晚上都会安全护送到寝室门口。秦怡想要抱怨什么，崔浩都安静听着，秦怡觉得很过分的，崔浩就会跟着骂几句。秦怡觉得累了，就自然靠在崔浩肩膀上。其实那些时刻崔浩心里都乐开花了，但是崔浩还是很淡定地绷着张严肃的脸，呈现大男人的安然自若。秦怡觉得越来越依赖他了。

他们相处很久都还没有牵过手，秦怡觉得很奇怪，而且开始有些担心，她无意中问起寝室姐妹，说："奇怪，我都那么主动靠着他的肩膀，他居然还那么淡定，是不是不喜欢我啊？"

姐妹们都笑了："你受伤的时候，他帮你，你吃他陪着，你笑他看着，你哭他还给你递纸巾……半步都舍不得离开，那么明显喜欢你。"

秦怡说："为什么他不牵我的手呢？"

姐妹们起哄说："秦怡，你那么着急，有没有在期待吻，给我一个吻……可以不可以……"说着她们就去抢秦怡的手机，拨通崔浩的手机，一个人抱住秦怡，另一个人对着电话开始说起来了。

"我说，崔同学，秦怡跟你一块玩多久了？"

"啊……这个……"崔浩在电话那头完全不知道发生什么事情了。

秦怡高声吼起来："不要打了，快挂了吧。"

"哎呀，笨蛋，崔浩同学你听好了，秦怡问你为什么不牵她的手。"这个姐妹憋不住就说出来了。

"啊，哈哈，请把电话给她吧。"崔浩很绅士地说。

姐妹把电话递给秦怡，挣脱的秦怡对着姐妹做了一个想揍她的恐吓状，然后接过电话"喂"了一声。

崔浩急促地说："你不要挂电话哈，慢慢走出来，来寝室门口……其实很早前我就开始喜欢你……只是不知道该用什么方式告诉你……也不知道你喜不喜欢我……你听着电话，我给你放首歌，这首歌最能代表我的心情……"崔浩手机那边传来了五月天的《天使》。崔浩一边说着，一边从4楼飞奔下来，一路跑到女生寝室门口。

秦怡一边听着音乐，一边看见崔浩在奔跑，她整个人都呆住了。后来她飞奔到门口，站在那里等着，她总觉得那一刻好漫长，心跳怦怦不止。她穿着小碎花的睡裙，颤抖着等待。听着崔浩奔跑的呼吸，她觉得无比幸福。

崔浩站在寝室门口的时候，上气不接下气，他半弯着腰，喘了口气，然后站直了，对着秦怡说："秦怡，我喜欢你！"说完，秦怡从寝室门口飞奔过去，抱了个满怀。秦怡就像个小孩子，紧紧抱着崔浩，然后泣不成声，把头埋在崔浩的胸前，使劲地哭着。崔浩紧紧抱着她，然后摸着她的头发说："好了，好了，不哭，不哭，你哭什么嘛？"

秦怡结结巴巴地说："哭你……笨……啊。"说完继续在崔浩怀里撒娇。任性总是给最信赖的人。后来秦怡去KTV，最喜欢唱《天使》，每次都笑得很开心。

他们过得很开心，崔浩非常疼爱秦怡。有一个深夜，秦怡凌晨两点觉得很饿，她躲在被子里给崔浩打电话，崔浩在寒冬的凌晨两点，骑着自行车逛完了大半个城市，才在某个角落的烧烤摊买到她喜欢吃的韭菜和豆腐。回来之后，从女生宿舍路边的一个窗台给她递进来，临走前说："快进去，别着凉，慢点吃。"

秦怡撒娇说："不许你走，要陪着我。"

崔浩笑着说："拜拜，你在里面出不来，我在外面可以跑哦。快点进去，不要任性了，乖。"

秦怡恨恨地说："好吧，晚安。"说完自己端着烧烤飞快冲回寝室。崔浩看着她奔跑的娇小身影消失在楼道里，才笑着离开了。

有一次一群人去附近的学校溜冰，秦怡第一次溜冰，一边溜一边摔，好几次她拽着崔浩的衣服，两个人同时跌倒在冰上。最后，崔浩干脆让她抓着自己的衣服，他在前面滑，她拽着他衣服跟着。即便是这样，两人还是跌倒了好几次。但是每一次秦怡都笑得很开心，直说崔浩很笨。

结束的时候，所有人都疲惫不堪，崔浩勉强地站起来带着秦怡离开。他们出了楼道，秦怡牵着他的手准备蹦蹦跳跳离开，这个时候却发现走起路来脚很痛。她无意中"哎哟"了一声，让崔浩很担心。他看了看她的腿，然后就把秦怡背在背上。秦怡不肯让他背，心疼他很累。他却说："别闹，乖乖的。"秦怡把崔浩抱得紧紧的，在崔浩背上流下了泪水，她没有哭出声，只是静静看着他的后脑勺，骂他笨。走了三条马路，两个街口，终于到学校了，秦怡见他满头大汗，说："崔浩，让我下来吧，你真的很累了。"崔浩放她下来后，自己擦着汗笑了，摸摸她的脸，然后牵着她回学校。

　　秦怡对崔浩越来越依赖，希望他每时每刻都在她的身边。后来他们晚上一起出去住，秦怡躺在崔浩的身边就觉得很安心很甜蜜。崔浩每次都是紧紧地抱着她，让她安然入睡，出去住的半年，两人一直都是拥抱入睡但从没有越过那一层。在崔浩的眼中她依旧是个孩子，是依赖他、需要他、关爱他的孩子。


　　被爱得越深，秦怡就觉得越来越不真实，她越来越担心有一天崔浩会不爱她。毕业临近的时候，她越来越恐惧这件事情。其实爱得越深越害怕失去，爱得越深就越担心自己在他面前不完美，她越来越想握住这份爱情却越来越任性。她把家里的电饭煲带到寝室，煮了虾米粥给崔浩送过去。她想要跟崔浩生活在一起，她想要养一直可爱的猫。崔浩碍于在外面租房子的费用太高，让秦怡搬回了寝室。

　　他寻觅了很久，好不容易找来一只白色的猫咪送给秦怡，让她在寝室养这个小宠物。可是秦怡慢慢发现猫咪非常好动，事情又多，她觉得越来越烦躁，就把猫咪还给了崔浩。这一次崔浩有些生气，他说："不能那么任性，这是一条小生命，如果照顾不好就不要接受，哎……都是我把你宠坏了。"

　　秦怡听到"宠坏了"这三个字特别难受，她总觉得在崔浩的眼中她是完美的，没有任何瑕疵，听到这种埋怨，秦怡转身回到宿舍哭了很久。那段时间她总会看一些毕业分手的伤感故事，她想从中发现如何去避免分手的方法，也想从中重拾信心。敏感迷离的心绪其实只是对未来的恐惧。想到未来如果不是他牵着她的手，她会很害怕，就是因为害怕了，她才发现，无意中爱得太深了。

## ♂ 五 ♀

说到这里，秦怡擦了擦眼角的泪水，对我说："当时真的很奇怪，现在想来那会儿是怕彼此无法承担对方的未来，害怕真的没有了他怎么办，反而增加了很多压力。那会儿真的很任性，想不断让他证明他爱我。他最后被折腾得受不了。在毕业找工作的压力下，他发过几次火，第一次见到他吼我的时候，我整个人吓傻了。自己长大之后才知道，曾经他也费了那么多心力想去维系那段感情。"

我摸摸她的手，看着她说："珍藏就好，遇见这样的感情也是一件很幸运的事。"

她哭着说："他在送的祝福里说，'爱你的时光就是最幸福的时光'。其实大学毕业分手之后，我想去找他……"

秦怡听说崔浩在临近的城市找到了工作，也已经有了女友。但她还是想去见他一面，她实在很想知道究竟那时候他们错过了什么。

那一次她提前去商场购买了一条粉色的裙子、一个白色的包包、一双粉色的鞋子。她还特地做了头发。出发前，她没有给他打电话，怕他不想见自己。她记忆中最伤心的事是，崔浩分手的时候说："你从今以后不要再联系我，你对我的伤害很大，希望我们今后不要再联系了。"她并不是想要再去打扰对方的生活，她就是还想再见一面，很顽固地想知道究竟过去错过了什么、为什么错过了。

那天她提着包，坐上列车去临近的城市，一路上她都在想像相遇时会有怎样的情景。那个慢调子的城市，夕阳很唯美，她柔美的纱裙显出一种回忆过往的思绪。她坐上公交车，车站和崔浩家不到四站的距离，她却觉得很遥远，期待着很久很久之后再靠站。当她从车上下来的时候，她看着崔浩的家门，想敲开门的一瞬间，突然停住了……

"我最终没有敲开门，始终没有见他最后一面，也始终没有揭开心中的疑问。其实我一直想见他，追寻逝去的答案。想要知道那时候的我们究竟忽略了什么，忘记了什么。朋友都说他是最爱我的人，但是那又如何，他没有牵着我走到最后。所以，在敲门的一瞬间，我停住了。我想找他问的是过去，而不是未来。何必锱铢必较于此，就让过去的过去吧。再后来，家齐走进了我的世界……过去所有的一切就停在敲门的那一刻。"她说完，长长舒了一口气。

她回忆完这些之后，看了看手表，呢喃了一句："原来那么晚了，沈家齐怎么还没有回来，不知道吃了没有。"

我回应她："给他打个电话吧，这会儿夜深了。"

秦怡笑着说："其实从那一段感情之后，我发现自己付出得太少了。从小都是别人给自己宠爱，但现在我渐渐学会去爱别人。人在付出的时候，不会恐惧失去，不怕失去的时候，爱得就会更坦然。崔浩遇见的是一个骄纵的小女孩，沈家齐遇见了一个成熟懂爱的女人。"

说完她就去打电话催促沈家齐快点回家。

从她家出来之后，我一个人走在宁静的城市街道上，回想起她最后给我看崔浩的那封信，点点滴滴留着珍藏的感情。

秦怡：

你好。大学一别将近5年了，每一次吃起酸辣粉，都会想起那时冬天你端着酸辣粉，吃得那么开心和满足的样子。那几年遗憾的是没有足够的积蓄带你过更好的日子，只能陪你过朴实无华的校园生活，也没有任何能力对你许下未来。快要毕业的时候，其实很心痛，每一次争吵都看见你伤得彻头彻尾，我败得一塌糊涂。曾经想过，也许容忍你就能缓解你的不安全感，但是未来有太多的未知，我没有办法平复自己的内心，也没有能量给你确定的未来。

其实最开心的日子莫过于刚刚在一起的时候，那会儿怎么折腾都是一种乐趣，只要看着你笑我就很满足了。他们说我完全彻底被你掌控了，但是我觉得守着你的时候你只属于我。很喜欢我们属于彼此的日子，单纯甜美。至于后来时事变迁，那些无可奈何争吵之后的裂痕，以及无法挽留的结局，都是我们不可控制的。

经历了这些之后，或许会对现在的感情更有信心一些，现在的我更加温和，爱得不那么用力了，希望在平和中建立长久的关系。你今天结婚，我只想送上最后的祝福，爱你的时光是最幸福的时光。好好珍惜你现在的拥有，爱的最坦然才最好！愿你幸福。

崔浩

很难去衡量谁是最爱你的人。和崔浩在一起的时候，是怀着少女心不懂得付出的秦怡；和沈家齐在一起的时候，是懂得享受、知道付出的秦怡。

所以，在我们的生活中，或许没有擦肩而过的最爱，只有逝去的成长和美好的记忆。不要让过去挡住现在的幸福，也不要让恐惧挡住爱。爱其实很脆弱，经不起考验和折腾，爱也很飘忽，爱最恒久的课题就是催促相爱的人去成长，让爱延续。

如果秦怡没有在大学时候选择分手，如果秦怡敲开崔浩的门，如果秦怡没有遇见沈家齐……他们的生活轨迹又会是怎样的？很难为每一个人去定义最爱、真爱，因为人生还没有走完。如果记忆可以选择，你会选择留下什么，忘记什么？最爱的人、被爱最深的人、或者命运托付的人？还是说，记忆是完整的，我们要去做的就是领悟走过的那一段青春。

# { 06 }

## 电视里的剧情怎能精彩过我

我们做婚礼的人，时常会问对方："你们的爱情是怎样的？"多数时间都会听到新人们这样说："我们的爱情很平凡。"可是等他们真正写在纸上或者讲述出来的时候，你会发现几乎没有一模一样的。

或许，他们是亲朋介绍相识的，但是牵手的方式和相恋的节点完全不一样，两个不同的个体带来的故事、碰撞、起伏也完全不一样。

♂ — ♀

泓毅和余画告诉我，他们的爱情是平凡的。但是当我真正了解之后，才发现他们的故事竟如此不平凡。他们的事业与爱情的丰收，都是从积累梦想的一点一滴开始的。

余画跟我讲述他们的爱情故事时，也用了"平凡"两字。我想，她的"平凡"两字想表述的，应该是爱情相处的恬淡之态吧。

这种状态让泓毅专注地在婚礼摄影中成就了自己的事业，而余画因这种状态能够和他一起实现人生的每一个梦想，为生活倾注艺术的美感和无限乐趣。"非凡一般"都是平凡的点滴来构筑的，梦想也罢，生活也罢，爱情也罢。

　　泓毅是著名的婚礼摄影师，余画是泓毅的妻子。他们共同经营着一个摄影工作室，日子安然恬静。当我思考他们的婚礼该是什么样子时，脑海中一直盘旋着各种想法。

　　如果他们举行婚礼，最适合他们的会是拥有着"翡冷翠"艺术气质的婚礼现场，是那种流淌着浓郁古典文艺气质的风格。宾客们走进酒店，会看到通道变成了一个画廊，水泥色调简洁的墙面，镶嵌画框的复古照片，呈现出佛罗伦萨文艺复兴的格调。挂在墙上的照片中，有他们在极光里拍摄的婚纱照，有泓毅捕捉普罗旺斯花田中新娘仙味十足的回眸，也有在城市寻常老茶馆中拍摄的凝望……

　　长廊末端的弧形拱门中是一座《丘比特和普赛克》的雕像，丘比特伸展的两翼高高耸立在空中，他俯下身亲吻普赛克，想呈现爱的永恒与生命的苏醒，就像泓毅和余画用生命去追求极致，追求极致然后走到永恒。拱门的背后就是婚礼的现场，从拱门中就能窥见背后的星空与简单的轮廓。

　　宾客需要从拱门两边的弧形花拱门走入现场，铁艺花拱门上是佛罗伦萨建筑的花纹，重复呈现均衡感。铁艺花拱门上选的多是白色绣球、蝴蝶兰以及一些垂吊的白色藤蔓，让整个花艺充盈且馥郁。推开铁艺门的一瞬间，看到花瓣铺满整个通道一直延伸到主舞台，让鲜花带着余画走上一条花香四溢的幸福路。主舞台上是高耸入云的米兰大教堂，背景是唯美静怡的星空，上面嵌有白色的灯带，静等仪式开始之后，它会亮起来——就像在米兰教堂顶发现了极光。

这情境是由着泓毅和余画的一段米兰小插曲才这样设计的。在草图上画出这个想法的时候，脑海中自动浮现了他们两人关于米兰的记忆。

泓毅经常陪同客人到风光秀美的地方拍摄婚纱照。有一次他陪同客人前往米兰，刚刚进入那个城市，他就彻底迷醉了。他奔跑在米兰大教堂前的广场上，兴奋得像个孩子。米兰的天空、米兰的街道、米兰的广场、无意中腾空而起的一群鸽子……这些在米兰再寻常不过的事物都成为他镜头中完美的素材，更不用说哥特风格强烈的米兰大教堂、宏伟壮观的维多利奥·埃玛努埃尔二世长廊、直入天际的圣母玛利亚金像……这些都在泓毅闪亮的镜头中留下了瞬间的光影，也深深震撼着他的内心。他用手机不断地给余画发着拍下来的图片，余画的手机一直在震动……看了天空，看了云，看了建筑，看了三百六十度环视的米兰，余画词穷的时候，泓毅大声在微信里说着："我好想带你来这儿，想和你一起看米兰！"余画握着手机笑得很甜。

那天晚上余画像往常一样，收拾完阳台上的衣物，伸了个懒腰，轻轻关上阳台的玻璃门，回到房间准备看一部电影后睡觉，这个时候她突然接到泓毅的电话。他们平素的通话时间很短，在公共场合两人都不会显得很亲密，有时候甚至会让人误会余画只是泓毅的学徒。两人最喜欢坐在家里沙发上，吃着美味的零食，聊着各种感兴趣的话题，专业的、生活中的……天南海北总有说不完的话，但是电话里通常只是公务，通话时间每次不超过三分钟，所以这次余画拿起电话的时候，她完全没有预料到接下来发生的事。

"喂……"余画像往常一样接起电话。

泓毅顿了顿，猝不及防地说："我想你了。"

声音特别温柔，而且这句话泓毅之前从来没有说过，那一瞬间余画惊讶了，她马上回复说："你怎么了？"

泓毅说："没什么啊。"

余画马上说："你从来没有打电话跟我说过这种话，今天疯了吗？"

泓毅想了想，觉得有些莫名其妙，就说："对啊，好像是。为什么我会这样？"

两个人同时很默契地笑了起来，两个人笑到肚子痛。

生活才是最真实的戏剧，总是送来出乎意料的惊喜。泓毅对工作很投入，对团队人员的要求很高，平时非常严厉的他偶尔展现出的柔情让余画完全没有心理准备，出乎意料的惊喜总会为爱情带来奇妙的时刻。

因为这个爱情片段让两人都印象深刻，所以我才想为他们呈现一座充满思念的米兰大教堂，让神圣教堂见证两人的甜蜜时刻。

他们的每一段经历都跟"构筑梦想"有关，从相识、相知、相恋到共同追求那些生命中至美的时刻，梦想是两个人的牵系，在不同的时间和空间，他们居然默契地有着相同的坚持。

# ♂二♀

泓毅就读于名牌大学的计算机系，研究生毕业后他陷入择业的迷茫中。他做过临时工，做过对着电脑屏幕敲击代码的程序员，零零散散地也做过其他职业，只是一直都找不到心灵的归宿感。后来顺应潮流，他考上了公务员，进入事业单位，工作和生活都相对安逸，但是他的内心还是有着一点牵绊。他很喜欢摄影甚至可以说是迷恋摄影，所以业余时间，他就拿起相机去不同的地方拍摄风景。

有一天他的朋友准备结婚，就对泓毅说："你平时拍的东西那么漂亮，要不我的婚礼你来拍？"

泓毅心想这个主意不错，他就说："好呀，我来试试！"

从那一场婚礼开始，泓毅就跟婚礼摄影结下了不解之缘。那一场拍摄非常顺利，朋友给泓毅包了红包以示谢意。那一场婚礼拍摄之后，有人请他帮忙拍摄婚礼，他都非常乐意前往，周末休息的时间他奔波在大大小小的婚礼现场。婚礼中有喜悦也有泪水，每一次他都会捕捉到那些时刻，偶尔也会在镜头背后默默地流眼泪。

此时的余画供职于一家杂志社，她的业余爱好也是摄影。当时泓毅在婚礼行业里面已经小有名气，余画很想跟他学习，想结识泓毅。但好事多磨，两个人几次都擦肩而过，整整两年都没有机会遇到。

有一个周末，泓毅正在婚礼现场拍摄，他捕捉到一个很动人的画面，当时新郎对着新娘说出心中的感触，泓毅被感动得落下了眼泪，在镜头中刚刚捕捉到新郎动情拥抱新娘的瞬间，他口袋中的手机就震动了。他匆匆拍摄完那个画面后，走到宴会厅外面接听电话。

"泓毅，本周工作总结只有你一个人没交了，烦劳待会来单位补上。"

"哦……好的，谢谢提醒。"接完电话，泓毅心中顿时产生了巨大的落差。一边是自己非常喜欢的婚礼摄影，一边是单调重复的工作。前者对于泓毅来说，是有血有肉、灵动的工作，后者对于他来说，越来越像是例行公事。他强忍着失落感回到宴会厅中间继续拍摄，但这个时候已经错过了很多珍贵的画面，创作被打断了总会留下很多遗憾。那天拍摄完毕之后，他的内心很失落，他整顿理好情绪说："我要辞职，专心从事摄影。"

泓毅的哥们已经无力相劝，当天晚上泓毅给父亲打了电话说："爸，我准备辞职，然后从事婚礼摄影。"

父亲一听勃然大怒："这怎么可以！！放着那么稳定的工作不好好过日子，折腾什么？"

泓毅非常坚定地说："我其实做了一段时间的这个工作，真的很喜欢做婚礼摄影，而且现在这份事业正处于上升期。我想要提升自己，创作更多作品。"

父亲余怒未息："我是绝不会允许的！"即刻就挂断了电话。

泓毅在电话那一端思虑良久，心意已决。很快，泓毅递上辞职报告，离开了单位。全心全意地投入婚礼摄影。就在他事业转变的时候，余画走入了他的生活。几乎在同一时间段，余画为了提升自己也离开了杂志社，也想学习婚礼摄影。

## ♂三♀

当时婚礼摄影方兴未艾，泓毅的作品让余画很是欣赏，她打算鼓起勇气去找泓毅。余画很佩服那种在一个领域里很有实力的专家，她在心中对泓毅产生了敬意和倾慕之情。那一天余画在男闺蜜赵伟的陪同下第一次见到泓毅。

赵伟带着余画来到泓毅正在装修的工作室，赵伟叫了一声："泓毅哥，带个崇拜你的人来看你！"

泓毅一回头，一个很清秀的女孩站在眼前，乌黑头发披在肩膀上，眼睛水灵灵，笑起来像一轮弯月。她对着泓毅腼腆地说："泓毅哥，你好！"

此时，泓毅穿着满是水泥污渍的怀旧蓝色衬衫，卷起袖子，头上顶着一顶报纸做的帽子，手上拿着刷子和水泥桶，正在粉刷墙壁。他的双眼炯炯有神，挺立的鼻翼，俊朗的脸庞，虽然脸上沾了一点点水泥污渍，但余画还是一见倾心，脸庞泛起了红晕。

访客来得很突然，装修的屋子里，也没有什么地方好坐，泓毅尴尬地摸摸后脑勺，对着赵伟说："带人来提前说嘛，这里不好招待啊。"

余画赶紧说："泓毅哥不要客气，我是慕名而来的，很喜欢泓毅哥的摄影作品。我刚刚从杂志社辞职离开，想学习婚礼摄影，不知道泓毅哥愿不愿意招收学徒？"

泓毅很惊讶，虽然在婚礼摄影圈小有名气，但是第一次遇见女粉丝，泓毅还是有些受宠若惊。泓毅刚刚辞职，买下这间房子计划着成立工作室，正好需要帮手。泓毅很认真地说："女孩子从事摄影行业会很辛苦的，但是如果你坚持，我们就共同学习进步吧！"他从来没想到这么柔弱的女孩真的成为了他信念最坚实的拥护者。

　　余画郑重地点了点头，赶紧说了一句："谢谢泓毅哥。"

　　余画当天下午就开始帮助泓毅一起装修工作室。她拿起刷子蹭蹭蹭就开始刷，根本不考虑身上穿着短裤和白衬衫。泓毅看她那么起劲的背影，微笑着说："慢点，不着急，慢工出细活。"

　　余画说："早点完工早点吃饭啊，不知道晚上回家吃什么呢！"余画非常爽朗且直率，她总是朝着一个方向刷。

　　泓毅见她那么起劲就大步跨过来，一起开始刷，她够不到的地方，泓毅踮起脚尖就在上面刷。余画近距离看着偶像的下巴，暗自思忖："好英俊！"

　　泓毅低头的时候，看到了直勾勾端详他的余画。因为紧张，余画掉了两次刷子，溅了一地水泥浆子，两人的鞋都是污渍。两人俯下身子捡刷子的时候，又撞到了彼此的头。余画摸着自己的头说："泓毅哥，你的脑门真硬。"

　　泓毅开怀笑了起来："哈哈哈，是有点！"这一笑调和了原来生疏的氛围，泓毅看着眼前这个女孩，说不上具体什么地方打动他了，就是让他觉得熟悉又舒心。往后工作室装修的日子，余画一有空就跑来帮忙。如果是中午过来，余画还会带上煲好的汤、打包好的饭菜，两个人时常聊天，一聊就完全停不下来，无论是摄影器材、摄影师的作品、旅行的地方……天南海北总有讲不完的话。

转眼间，工作室的装修完成了，泓毅的父亲从朋友那里听说他辞职还因组建工作室欠债了，生气得连夜赶往泓毅所在的城市。当父亲站在工作室门口的时候，泓毅愣住了："爸，你怎么来了？"

父亲说："你都辞职了，还要瞒我多久？你看你现在折腾的，还欠了那么多债！"

泓毅急促地说："爸，你先坐一会儿，听我慢慢说。那些债务是在可控范围内的，能够尽快还上的。我选择了我喜欢的事业，现在婚礼行业崛起很快，我发现自己拍摄的东西越来越平凡，就想继续充电，把这份事业做下去。爸，我都坚持两年了，不能半途而废！"

"可是那么稳定的工作就让你给放弃了，我真不明白，你到底是怎么想的？"老人家很生气，一边跺着脚一边焦虑地说。

泓毅也实在不知道说什么好，因为过去，他一直在劝说父亲，每一次信心十足要给父亲打电话，电话结束后都是失望。这一次父亲来到这里，已经没有劝说的言辞。泓毅说："爸，我不会再劝说您了。工作我已经辞了，全心全意扑在婚礼摄影上。"

父亲瞪着眼睛看他，说："好！随你！我管不着你！"说完，起身不受泓毅的阻拦就夺门而出。后来泓毅一直往家里打电话，父亲都不肯接电话。泓毅只好把精力都投入事业中，因为家里人的不理解，所以他的内心总有一些酸楚。

与家人的隔阂、外界朋友的不理解、婚礼行业本身的快速发展、创业的债务……都成为无形中的压力，压着泓毅要分秒必争专注于摄影。

而在这个过程中，余画一直默默地陪伴着他。每一次泓毅去拍外景，余画就扛着器材不怕辛苦地跟着泓毅。无论是炎热的夏天，还是寒冷的冬天，每一次出外景余画都没有缺席过。余画一直很喜欢泓毅，纵然有时候泓毅要求太过严厉，让她很难接受，她都不曾反驳。因为对泓毅的倾慕，她时常会为他准备一些好吃的，泓毅睡着了她会为他盖上毯子，泓毅忘记带的东西，余画总会为他带上……

渐渐地，泓毅发现如果余画不在身边，他的心里就会觉得空空的。在泓毅最不被理解的时候，余画给了他不可或缺的支持和信任，让他感觉到了温暖。


有一天，泓毅寻找到了一个绝佳的外景地。在废弃的山林中，有一根倒下的树木在小河之上，在邀请新人坐到树上之前，他自己跳下去先尝试了不同的姿势和承重，以确保新人的安全。之后新娘坐在树枝上，泓毅便开始构景，没几下便拍好了。余画牵着新娘回到河岸时，新娘惊讶地问："他拍好了？这个周围有很多垃圾，不知道他避开没？"

余画笑着说："你相信他吧，没有把握的事，他不会浪费时间去做。"

泓毅无意中听到这段对话，看着余画的背影，笑了。

那天，泓毅带着余画返回城里的时候，有些神秘地问余画："要不要去一个我很喜欢的地方？"

余画很开心地问："吃什么好吃的？"

泓毅瞥了她一眼，然后说："就是一个很特别的地方"。两人相视一笑，泓毅拉着余画飞快地跑到一个租车的地方租了一辆摩托车，载上余画一路骑车穿过城市的主干道后，上了城郊的高速公路，一直朝着夕阳的方向飞奔。起初余画紧紧抱着泓毅的腰，后来她尝试着感受飞驰的风，坐在泓毅身后伸开双臂，找到了一种释放的感觉。泓毅驱车载她到了一个可以看见余晖的小山冈，余画跳下车，看着夕阳开心极了。泓毅走到她的身边，余画主动亲吻了泓毅，他们相拥在夕阳中。

## ♂ 四 ♀

虽然两人正式确定了恋爱关系，但是泓毅整天忙碌在摄影中，无法抽出时间陪伴余画。后来，余画想找一份安定的、既能够摄影也能够贴补家用的工作，凭借她对娱乐新闻的敏感度，她成为了一家门户网媒的主持人，这样两人见面的机会就更加少了。

时间久了，余画觉得这份关系太过疏离，最无法忍受的就是每次电话都不超过三分钟，泓毅总是有事说事，电话里不会有其他多余的内容。在余画工作遇到瓶颈的时候，给他打电话，他说还在拍摄新人就挂了。等泓毅再打电话过来的时候，余画早就委屈得哭着睡着了。有个深夜，通话快要结束的时候，余画压低声音说："泓毅，我觉得我们应该分开一段时间，我想去散散心。"

泓毅居然很淡定地说："哦，好啊，你想去哪里玩？"

余画明白他一定没有理解那层意思，就说："还没想好，你先睡吧。"说完就失望地挂了电话。

　　余画一整夜没有合眼，第二天睡眼惺忪地来到办公室。余画的节目越来越广为人知，余画的追求者也无形中多了，送花的人、闲聊的人、下班陪送的人、邀请出席活动的人络绎不绝，她几乎应接不暇，其中有一位年轻的企业家向宇一直都很关注余画。

　　有一次正好是余画采访向宇，向宇提前准备了很久。采访那一天，余画果敢的问话、开朗的性格、幽默的言谈都深深地吸引了他。在那次采访之后，他很绅士地提出共进晚餐的邀请，但余画回绝了。后来向宇从余画的同事口中得知，余画有时候要出外景，但是单位的车子总是很紧张，余画租车很累心。向宇就派自己的司机充当出租车司机，常带着余画出外景，长期合作下来余画觉得很省心。直到月底结账的时候，余画才发现这辆车的车主是向宇，司机是向宇的雇员。

　　向宇在余画拒绝和他外出吃饭之后，一直没敢打电话联络她。这一天他意外看到余画的来电欣喜万分，他接起电话说："你好，余画！好长时间没有你的消息了。"

余画有些不安地说："向总好，车子原来是你的，实在是给你添麻烦了。"

向宇不好意思地说："邀请余小姐吃饭，总是请不到，只能作为朋友为你提供一些力所能及的帮助。"

余画心里觉得有些愧疚，向宇的方式温和且友善，为了感谢向宇，余画就答应了向宇的邀请，周末的时候两个人约在湖边餐厅共进晚餐。

当天晚上余画穿着之前购买的白色小套装，打理了一下头发，画了浅浅的妆就赴约了。她翻开菜单正在选择的时候，伸出餐桌的手臂被人撞到了，她抬头一看，穿着黑色T恤的泓毅正回头，想对撞到的人说抱歉。那个时刻，泓毅手里拿着相机，看见余画的时候呆住了，刚想说什么的时候。向宇开腔了："余画，你没事吧？"

泓毅看了看向宇，然后看了看余画，这个时候前面有人喊："毅哥，快点，夕阳正好。"泓毅看着余画，应答道："好的，来了……对不起，不好意思撞到了。"说完，泓毅拿着相机很决绝地往前走了。

余画看着他的背影，想喊，但还是忍住了。那天晚上，向宇兴高采烈地讲述着他的生活，他想对余画展示一个优秀的自己，同时很想听到余画的回馈。但是，余画多数时间在聆听或者微笑，很少涉及自己的生活，她的心里此刻正挂念着泓毅。

泓毅出了餐厅走到湖边，安静地看着湖面，心里五味杂陈，但他还是极力控制自己的情绪。这个时候伙伴带着新人走过来，他们在餐厅旁边的湖岸准备拍摄，抢拍夕阳的镜头。泓毅投入自己的工作中暂时忘记了脑海中庞杂的疑问。很快，夕阳的拍摄结束了，泓毅和伙伴送走新人之后，伙伴邀请泓毅去喝两杯，平日泓毅总会喝两杯小酒，乘着酒兴回工作室修片，但是当天泓毅很坚决地拒绝了，他谎称头痛，挎着相机垂头丧气地离开了。

回到工作室，泓毅很想打电话问余画，刚才一幕是怎么回事，他生命中莫名遭遇了一个晴天霹雳，他在工作室里走来走去，一瞬间躁怒了，将手边的玻璃杯摔在地上。他不知道该如何是好，脑海中不断回忆着晚上的画面，试图在记忆中寻找着自己的不好或者某些之前隐匿的裂痕，他试图让暴躁的自己安静下来。泓毅一直都是很安静的人，这一次却那么躁动不安，他试图让自己通过修图忘记一切，内心却有很多声音在咆哮："是我不够好吗？是我不能给她想要的幸福吗？究竟怎么了……"折腾完自己，泓毅趴在桌子上，呆呆地看着屏幕，没有目的地点开一张照片，然后盯着屏幕……最后他累得趴在桌子上睡着了。

向宇开车送余画回来的路上仍然兴致盎然，下车后，向宇想跟余画说什么，但是余画对向宇说了句谢谢就匆匆离开了，留下向宇站在车旁目送她仓皇离开的背影。

余画上气不接下气地跑到泓毅的工作室，她焦急地打开工作室的门，看见碎了一地的玻璃碴和趴在桌子上的泓毅，眼泪一下子就出来了。她一边收拾着地上的玻璃碴一边啜泣，环顾这间他们一起粉刷过的工作室，很多回忆涌上心头。有初次见面的腼腆，有一起打扫的快乐，有墙角的亲吻，有嬉闹追逐的拥抱……想着这些，不小心划到了手，她"啊"了一声，泓毅被惊醒了，看见蹲在地上捡玻璃碴子、手指流着血、泪流满面的余画。

他起身走过来，扶起泪人一样的余画，然后从柜子里找了一个创可贴，轻轻给余画包上，然后说："没事啦，过几天就好。"

余画停止哭泣，看着泓毅，然后断断续续地说："你……不问……为什么吗？"

泓毅一把抱住余画说："我想问一千遍，但是看见你在地上哭着捡玻璃碴子，我就明白了，明白你的心在哪里。你不会抛下我的。"说完泓毅舒了一口气，瘫在余画的肩膀上，娇宠的感觉让余画笑了。她破涕而笑："别那么自恋！木头！"

她擦了擦眼泪，郑重地说："只是一个普通朋友，因为之前帮过我的忙，所以答应他出去吃一顿饭。只是感谢，没有其他意思……"

泓毅不让余画再说下去，他深深吻了她。那天晚上，泓毅问余画："你想去哪里？"

余画说："小时候看过一个电视剧，不记得名字了，当时男主人公说带女主角去看极光，说看见极光的人一定会幸福。我想去看极光！"

泓毅坚定地说："好！我们去追极光！"


## ♂五♀


五天后，他们手牵着手去了民政局，十天后他们办理好了签证护照及旅途安排，飞往欧洲。泓毅在出发前，提前做好了各种攻略，落地之后马上租来一辆车，驱车载着余画出发了。从巴塞罗纳前往葡萄牙的辛特拉，路上遇到了欧洲大大小小的城堡庄园，他们没有兴趣，他们想寻找梦幻森林。途中，他们突然遇到了小雨，打乱了整个计划，于是只好驱车去了附近的小镇。

两个人牵手慢慢地走过里斯本小镇的石板路，路过富有特色的咖啡馆和风格迥异的小酒馆。冬天出行的寒冷让两个人拥得紧紧的，亲密且温馨。他们选择了欧亚大陆的最西点罗卡角作为婚纱照的第一个拍摄地。罗卡角山崖上有一座白色的灯塔和面向大洋的十字架，十字架的石碑下以葡萄牙语写有著名的一句话，"Onde a terra acaba e o mar começa"（陆止于此，海始于斯）。在海边，有嶙峋的岩石散布在沙滩上，泓毅选择了一块岩石，他坐在岩石前方看着海洋，余画穿着婚纱拥抱着他，坐在他的身后，远处是罗卡角、夕阳余晖、海天相接构成开阔的景致。"陆止于此，海始于斯"，他们在海陆交接的地方听海的呼吸、山的起伏和彼此的心跳。镜头帮泓毅记忆了那个留恋的时刻。拍摄完毕的瞬间，余画跳了下来，迅速穿上厚厚的羽绒服，那可是冬天的西班牙，何况还是波涛汹涌的海边。她冷得不停打颤，泓毅帮她搓着手取暖，觉得幸福无比，她看着泓毅很开心地笑。

接下来的行程，他们一路奔着极光而去，经历了欧洲古堡中情人节的慵懒早餐、马德里城中夕阳极速变幻的绝美、北极圈中驯鹿与雪的水墨世界、挪威峡湾宁静如画的童话世界……

在暴风雪的天气中，他们驱车一路追逐极光而去。风雪不断的天气让追逐极光的行程十分困难，但他们仍然选择一路前行。在途中为了让道给对过的汽车，他们深陷在泥坑。原本以为这样的天气追逐极光糟糕极了，但当他们终于从泥坑中拔出车轮时，极光爆发了，并且持续了整整三个小时。

他们为了寻找最佳观测点一路追赶。黑色天幕中，一颗光的粒子瞬间迸发出纯净的光，从一粒微尘开始，在天河中演绎成柔美的纱幕，进而变成不断变化的光带，成为天幕中游动的波光，瞬息万变，游弋自然……时而横贯天宇成为绿色的光袋让星幕浩渺，时而蜿蜒盘踞熠熠发光仿若绿色天幕无边无际，时而游动前行飘逸而往让人捉摸不透，时而如涌动的河流载着缱绻的诗意……

在这样的景色中，泓毅终于找到了合适的观测点，停下车的片刻，余画夺门而出，站在雪中朝着天空大叫起来，泓毅飞奔过去捂住她的嘴巴，不让她惊扰入夜后周围宁静的小村庄。余画在泓毅的怀里看着天空上演的光之交响乐，足足半个小时她都目不转睛地盯着天幕，在她缓过神来的时候，眼泪夺眶而出，她用鼻翼擦着泓毅的鼻翼，然后紧紧抱着他说："真好，这样的景色有你陪着我。"泓毅紧紧抱着她，摸了摸她的头。

他们快速换好衣服站在车前相拥而立，背后的天幕是曼妙的光影、闪耀的群星、辽阔的雪野以及村庄温暖的灯光点缀着的北欧大陆，镜头"咔嚓"一声，记录下两人的幸福追逐，定格那些美到窒息的时刻……


♂ 六 ♀


平素的日子里，她在演播室或者首映礼记录着星光熠熠，他在婚礼现场或者旅行目的地拍摄白纱的浪漫。他们最开心的时光，就是坐在家里聊天，最平凡的莫过于泓毅除了睡觉的8小时之外的时间都在琢磨照片。

三十而立，成家立业，两人的奋斗最终迎来了极光一样闪耀苍穹的成功。泓毅是一名业余摄影师，但是在短短几年内获得国际大奖无数，而且成为华人世界第8位荣获世界级资质认证的摄影师。在此之后，泓毅的事业发展得如火如荼，几个月中他不断前往欧洲为新人拍下很多独一无二的幸福时刻。

如果没有那些平淡携手的时光，没有那些耐得住寂寞的打磨，没有那些他们相处的简单与快乐，就不会有两人感受极光瞬间爆发、绝美绽放、横耀苍穹的时刻。庆幸的是两个人有着相同的默契，敢于挑战平凡的生活，对梦想有着宁静的执著。爱情源于日常生活中的朴素无华和纤尘不染，默契和陪伴给予他们一起经历不平凡的勇气和力量。米兰的思念、创业的甘之若饴、信任的默契和对极光的追逐，生活中每一次的历练都推着他走向更深的牵连和更坚毅的追逐。

泓毅为余画写了一段朴素的话，记忆他们追逐理想的日子："你说想乘热气球升空，然后就去了卡帕多奇亚；你说想看樱花，然后就去了京都；你说想看极光，然后就去了北极圈。你渴望的事，然后就发生了。温度零下，漫天绿光，虽然冷死了却美极了。把想做的梦坚持到底，然后梦想终将会实现。"

# { 07 }
## 你从来没有告白，却像是我的岸

　　财富的快速积累让中国人的很多价值观发生改变，婚姻爱情也牵涉其中。物质并不是真爱的必要条件，但是葬身在物质中的婚姻爱情却很多，你无法用价值观或者道德去评定这些现象。寻找心灵的爱情抑或寻找物质的爱情，究竟哪一种才能让人在这浮躁的时代获得真正的幸福呢？我们不得而知。

　　从业期间，我见到很多富家男士迎娶灰姑娘的情景，也见到过很多富家小姐嫁入普通家庭的情况，剩下的则有一些传统的门当户对。财富、权势的落差对爱情婚姻带来的考验若隐若现。

　　记得一位新娘跟我说起："嫁给他就意味着要承担更多，我要足以匹配。"她本身就是一位很杰出的主持人，奈何对方是富裕的大户之家。面对这个时代的新要求和女性独立自强的呼声，她挣扎着做起了服装生意。

　　多数普通人家的女孩子让自己变得精明干练，不仅漂亮而且很优秀，好像只有这样才能跟丈夫旗鼓相当，也才配得上"豪嫁"。而一些富裕人家的女孩子，却因为生活在优渥受保护的环境下，往往最终会选择那个对自己无限包容关爱的普通男孩子。这些男生家门清白，有着一种与世无争却又自强坚韧的气质。

"安全感"成为这个时代的爱情婚姻中出现频率很高的词。云燕和骆祁山的爱情就贯穿着对这个时代爱情婚姻"安全感"的诉求。每次想起云燕，总会记起第一次见面时她动情的讲述。

♂ — ♀

云燕是我的客户中个性最鲜明的一个新娘。她一点都不掩饰自己的敏感挑剔、苛求美感的性格，她连续换了三名策划师才勉强满意。每一段婚礼的说辞从头到位都要细致品味，请柬第一段文字的两个词语，前前后后修改了四遍她才满意。

第一次见面的时候，她身着白色蕾丝长衫，手腕上带着菩提子，梳着古典的发髻，从颈项到面部都是自然白皙的肌肤，透亮红润，整个人说话的时候字正腔圆、神采奕奕、气宇不凡。

刚接触她的时候，发现她富家小姐的任性一览无余，她不喜欢什么就会直接说出来，甚至非常直接地要求更换。不过，她给出的意见往往一针见血，足以看出她的审美底蕴。后来，我才知道，她从小就学习诗词歌赋、琴棋书画，外公是一位校长，在她很小的时候外公就开始培养她艺术方面的才华。

她出生那一年，外公家屋檐下荒废已久的燕子窝传来唧唧喳喳的声音。时常看见一只燕子叼来食物哺育小燕子，稍微大一些的时候，日落时分就会见到云中归来的燕子，恰逢她家姓"云"，外公希望出生的女孩能够安居栖息、子孙兴盛、自由飞翔，故而为她取名为"云燕"。

她看过几场婚礼之后，说要办一场中式婚礼，并且提出了很多婚礼流程方面的要求。她想让自己的婚礼呈现不一样的爱情，绝对不要千篇一律的流程。她想在婚礼过程中通过主持人讲述他们的故事，于是她开始聊起他们的爱情故事。

她随着母亲顺江而来，定居于主城区。她一直觉得命运中有一种东西牵系着彼此的生命，每一次的迁徙总能走到距离他更近的地方。云燕与骆祁山很有缘，初中时他们互不认识，相恋后才发现两人在同一所中学走了初高中的青春时光。后来骆祁山去了北京读大学，云燕留在本地读大学。后来，骆祁山的父亲去世了，为了照顾孤单的母亲，骆祁山大学毕业后就火速返回家乡进入机关工作。云燕毕业之后在当地一所知名的公司任职，这才被朋友介绍相识。

骆祁山初次见到云燕的时候，觉得她非常机敏，眼神中有一种琢磨不透的感觉。云燕刚认识他的时候，觉得他像间谍部门的机智大叔。相互都有好感，就开始了恋爱。

虽然当时，云燕并没有详细地谈起这段情感的历程，但是当她谈起与骆祁山经过六年分分合合终于走到一块的时候，说了一句话："他从来没有对我说过告白的话，但他一直都是我的岸。"说完，她轻轻擦了擦眼角的泪水，防止弄花了她的眼妆。

动情时刻，她娇滴滴的富家小姐气质越发明显。她整理好自己的情绪之后，接着对着我们说："我喜欢你们，期待你们的方案。"

那一瞬间，同情心产生了牵动。在既往接触富家小姐的过程中，我发现她们除了骄横任性的一面，还有缺乏安全感且内心柔弱的一面。

当天定下合同后，云燕和骆祁山很满意地离开了。那时候，我仍然觉得他们的感情无异于其他富家小姐和贫穷书生的爱情。直到后来她跟我深夜讲起自己的时候，我才发现她内心的柔软和难能可贵的爱情观。并不是每一个娇宠的女孩，都在期待一份不受世俗干扰的、纯净的爱，她一直在期待，而他最终来了，带着她期望的爱情来了。


有一天晚上，我即将要睡觉前，接到她发来的微信，她问："你睡了吗？"

"还没有，刚刚准备睡。"

"那个说辞我还想修改一下，不知道会不会打扰到你？"

"不会的，没关系，请讲。"

"就是我们两人的故事，我想添加六年的分分合合。我不期待婚礼上只呈现欢喜、良缘这样的东西，我们的爱情不一样，从那个过程中走来，我很珍惜那一段经历。不知道你的意见如何？"

"蛮好的呀，每个人都有很多很真实的爱情感触，你想体现在婚礼中当然好。毕竟每一段爱情都是不一样的，而这些独特的地方正是婚礼中的精髓所在。"

"嗯……"

"你说，我洗耳恭听。"

我就在微信中，听她讲述起和骆祁山的过往，她没有过多地渲染，就那么平实简单的描述着她一直以来期待着的爱情。

"母亲改嫁后，我们的家境很富裕，有很多人为我推荐合适的对象，但是跟我相亲的男士很少可以与我家门当户对。而骆祁山……他只是个很普通的教师家的孩子……"


## ♂二♀


他们有一个共同的朋友。有一次这个朋友想为两人牵线，就让两人一起吃个饭。当天骆祁山答应到云燕的公司门口去接她下班，因为下雨，骆祁山答应撑着一把红色的伞在马路对面等着。

那天云燕穿着从外贸市场淘回来的限量牛仔背带裤，扎着意气风发的马尾，化着淡淡的妆，手提着Dior款红色手包，看见撑着红伞的骆祁山，她就很自然地挥了挥手。骆祁山下意识地点了点头。祁山穿着很朴素的牛仔裤、白色衬衫，崭新的皮鞋被雨水溅起的泥点子弄脏了。云燕走过去的时候，第一句话就是："你该擦鞋了！"

祁山冷不丁听见这样一句话，看着眼前这个眼神挑剔却很美丽的女子，一时间不知道说什么，只是笑了笑，然后点点头示意晓得了。云燕说："他那天就很奇怪，也不说什么话，只是撑着伞走在我的左手边，一直听我讲。其实第一次见面的时候，我们后来回忆起来，第一眼都觉得对方不是自己喜欢的那种人，后来却发现彼此竟然如此合拍。"

祁山经历丧父之痛后，回到重庆照顾母亲。希望这个时候能找到一位贤妻良母般的女子一起幸福生活，为他做饭、生孩子、照顾母亲，他一心只想要安定下来。

所以，他第一次见到云燕，不是很满意。这是个不知世事的小女孩，向往着浪漫的爱情，他不知道自己能不能给予。一路上都是云燕在说话，祁山时而点头附和，时而没有任何回应，只是在谈到闲暇在家做饭的时候，祁山会回复多一些。


他们的第一次约会在一间西餐厅，那是一间有着复古情调的餐厅，浅绿色的墙壁、复古的台灯、火候不太适宜的牛排，让两个人都吃得很不舒服。过于浓郁的葡萄酒没有搭配好牛排的时机，两人喝起来都觉得索然无味。

云燕终于没有耐心了，她说很想回家。骆祁山买单之后带着云燕离开了餐厅。从餐厅到车站有一小段路，祁山陪云燕走路过去，突然云燕高跟鞋的细跟卡在路逢里，祁山把伞塞给云燕，让她扶着自己的肩膀，然后蹲下身一边拽着鞋跟一边说："没吃饱，路都走不好。"

云燕笑了："你在说什么，谁说没吃饱了，吃饭跟走路有什么关系？"


这个小插曲打开了祁山的话匣子，他说："云燕大小姐，牛排火候不是不好，三分熟，这家厨子一定是打了瞌睡，略微过了点，你吃起来一副不太安逸的样子。后来的甜品，那个熔岩巧克力，戳开皮的时候熔岩没有自然流淌，应该是巧克力融化的时间不够，一般融化六分钟，他家的巧克力分量多，融化的时间要控制在七分钟，这样口感才好些，这一顿西餐太差劲，真心委屈你了。"

云燕很难想像木讷的祁山居然对吃这么在行，而且那么有品味地说出西餐的做法，让云燕感到很惊喜。她笑着问："你怎么知道那么多？你一直板着冰箱脸，还以为你木讷什么都不知道呢。"

祁山心里想，她笑起来还蛮灵秀，虽然有一点点任性，但是活泼且可爱。他很体贴地问："你还能不能吃得下其他东西？我就说牛排这些东西吃不畅快，他们还说约会需要格调，肚子都没有填饱怎么要格调。走，我带你去一个好地方，喂饱你的肚子。"

一说起美食，云燕就很开心，她特别喜欢食材，在家最大的喜好就是做饭。因为妈妈很忙碌，经常需要她下厨，久而久之她对厨房就产生了依恋，她觉得食物带来的满足感让人很安全，祁山这句"喂饱你的肚子"正合她的心意，她很兴奋地说："好！"

祁山挥一挥手，拦下一辆出租车，带着云燕坐上车，他们前往湖畔，这里有一家鱼餐厅，祁山从店家圈起的小鱼池里，捞起一条鱼，鱼在网兜中摇晃着，祁山用坚实的臂膀强有力地稳住大渔网。他捧着摆动的鱼站在湖边对着云燕笑，云燕拍着手朝他飞奔而去，两个人把鱼放到桶里，溅起一身水花，两个人彼此对望，笑得很开心，云燕很久都没玩得那么开心了。那份地道的香辣味融合了鱼的鲜美，这餐麻辣鱼两人吃得不亦乐乎。

祁山送云燕回家的时候，傲娇的大小姐第一次很诚恳地感谢了他，云燕说："感谢祁山哥哥，这一餐吃得好痛快！"

"只要吃开心了就好，好好休息，我先走了……"骆祁山心里很愉快，淡然地点了点头笑着说。第一次约会之后，两个人很快就进入热恋期。

## ♂ 三 ♀

云燕很喜欢祁山传统且沉稳的性格，祁山从来不在公共场合开不合时宜的玩笑，但是平日却很幽默，私下两人总是笑话不断，云燕逐渐感受到了祁山的魅力。她经常和祁山煲电话粥到后半夜，偶尔也会出去约会到很晚才回家。云燕的母亲发现女儿终于肯谈恋爱了，高兴了好一阵子，可是，当她了解了祁山的家境后，又变得忧心忡忡。

云燕的母亲并不看好这一段爱情，除了两家的家庭差异之外，她还担心女儿重蹈自己的覆辙。云燕的母亲曾经嫁给一位很有才华的教师，当时郎才女貌也堪称一段佳话，她以为两人守着爱情安静地过日子就很好。

后来云燕的父亲看到很多同事下海经商后经济条件不断改善，他也想尝试这样的生活，于是南下深圳。开始的时候，他时常打电话回来说明最新的消息，后来就没有频繁的电话联系了。

很多时候他都在应酬，感受大千世界花花姿态。云燕母亲打电话过去，要么不通要么说不上两句就草草挂掉。渐渐杳无音讯，再后来云燕的母亲居然收到了离婚协议，他打过来最后一通电话，冷漠地说："烦劳签上姓名，房子和女儿归你，你们的抚养费生活费我会按月支付。"

云燕的母亲受了当头一棒，她实在不明白究竟发生了什么，当她拿着离婚协议飞到深圳的时候，站在楼下竟然看见自己的丈夫拥抱着一位貌美如花、时尚艳丽的女子。云燕的母亲什么也没说，签完协议摔在云燕父亲的面前，怒气冲冲地离开了深圳。

　　她没有问过为什么，纵然自己落泪很多次。她告诉云燕，事情一旦发生了，就不要再想去改变。不要期待安宁，生活就是这样永远起伏不断，但是选择很重要，不要天真地以为有了爱情就能过幸福安定的好日子。

　　云燕的母亲因为早年被发迹的父亲抛弃而对穷人产生了一种错误的情绪：当穷人变富有的时候就会变坏。

　　所以在知道云燕和骆祁山处于热恋的情况下，母亲不顾云燕的抗争，硬找来一位故友家海归的儿子撮合两人。两人第一次见面就极度尴尬，云燕对那位男士很不客气。第一次见面各自回到家后，云燕躲进自己的房间不出来，母亲打电话询问对方的情况，对方的母亲只是笑着说："我们家儿子太不优秀了，应该没办法变成城中首富，配不上你家孩子啊……"这段话噎得云燕的母亲完全没有回嘴的余地，最后母亲挂了电话后直奔云燕的房间。

　　母亲推开房门说："我不厌恶穷人，我厌恶忘记穷根的人。你爸爸当年娶我的时候也是穷小子，那时我也觉得很幸福，但是后来他忘记了幸福的样子。你懂吗？"

　　云燕从床上站起来说："骆祁山不是那样，他不会改变的。"

　　母亲说："没有不会改变的人，只是他面对的诱惑不够大！所以富裕的人好，至少他懂得物质条件，不用被钱驱使去做一件事。我是过来人，你好自为之。"

云燕一直强调："祁山就是不一样的，他就是不一样的，他不会变。"

母亲见云燕那么坚持，摇摇头甩甩手就离开了。云燕有一种胜利的快感，同时也有一种与母亲抗争的疲倦感。她给骆祁山打了电话，要他陪自己出去走走。


## ♂ 四 ♀


云燕像一个很快乐的小孩，牵着骆祁山的手在中山四路的街道上慢慢走。那一天她特别开心，连蹦带跳没有片刻安静。骆祁山察觉到她的异常开心，就问："为什么今天这么开心？"

云燕俏皮地说："就不告诉你，是我的一个伟大胜利！"

骆祁山笑着说："你有什么想要战胜的？"

云燕瞥他一眼："最亲密的人的顽疾才是最需要战胜的。"

骆祁山淡定地说："愿闻其详，你且慢慢说。"

云燕看着他，端详了一会儿说："不想告诉你，怕你觉得我太喜欢你不能自拔。"

骆祁山说："喜欢是会变化的，过日子才是永恒的。你不说我不问，机灵鬼。"说完摸了摸她的鼻子。

云燕傲娇地说："本公主就是喜欢你的这份宽厚。"

两人相视一笑，沉浸在入秋的湿润的街道酝酿着幸福，完全不知觉将来要发生什么。

骆祁山确实没有发现云燕的家境，他当初交往的时候只知道云燕是富家小姐，但是家里究竟有多富裕，是他没有想到的。

当他穿着干净整洁的休闲装站在云燕家豪宅的门口时，他看见了房间里的富丽堂皇和雍容华贵，也看见了站在门口的云燕母亲的冷漠和趾高气扬。

云燕和云燕的继父都很喜悦，云燕的继父很和蔼，他招呼道："来，小伙子，进来吧！自便，随意些，就当自己家。"

云燕的母亲说："什么自己家，进来也不叫人吗？"

骆祁山温和地说："伯父伯母好，感谢二位的邀请，初次来访，不周之处请二位见谅。"说完就把带来的礼物递上。

骆祁山听云燕说过，伯父喜欢传统的卷烟，他就请朋友从云南的村落里买来了经过第一道工序的原生态烟丝。云燕的继父一看这个礼物便乐开怀了。骆祁山听云燕说她母亲每次出门一定会带胸花。冬天的大衣、夏天的正装裙子，她从来都不忘记胸花，她只喜欢有茉莉的设计款。因为茉莉胸花很难买到，所以她总是很少添加新品。有的时候很纠结，犹豫要不要买其他样式的胸花。祁山的母亲正好有一支家传的茉莉花发钗，他便邀请一位工匠把这支钗改成胸花。云燕的母亲看到胸花时，眼睛一亮，欣喜万分，但是她努力掩饰住自己对茉莉胸花的喜好，继续呈现出不太开心的样子。

祁山虽然对云燕富裕的家境感到惊讶，但他还是很镇定地完成了这一次拜访。谈起为什么要回重庆发展，他很直接地说："父亲在我大学最后一年去世了，他去世的时候我没能及时赶回家，守着他，所以我不能再让母亲一个人生活。大学毕业后，我就打算回到故乡照料母亲，安心过日子。"

云燕的母亲追问："如果北京现在给你更好的职位，你会不会选择离开重庆？"

祁山说："我觉得现在的生活就是我想要的，平稳的事业，能够照料母亲，剩下的就是找一个能一起过日子的伴侣，其他的事情对我来说会是负累，我只希望稳定一些。"

云燕的母亲又说："如果让你到叔叔的公司帮忙打理呢？我们还是很缺少人手的。"

祁山想了想说："如果是云燕的丈夫，为了家庭的发展，我愿意帮忙且承担责任。但是我自己内心很喜欢现在的文职工作。"

云燕的继父笑着说："小伙子知足常乐，我喜欢！"

祁山笑了："普通家庭的孩子，相信的还是勤奋和稳妥，命中有的无须求，静心过好日子。这个时代什么都追求速度，但是生活还是慢下来一点比较好。"

云燕的双亲对视了一下，对这次见面还是比较满意。云燕很开心地送他出来，她俏皮地吻了他一下说："成绩好的人就是厉害，第一次来家里表现得不错，没有信错你。"祁山镇定地说："你没说过你家是这个样子。我料想你平日的娇气就是家里宠爱有加，但没成想是这样，责任重大呀。"

云燕说："什么责任？我之前就帮你挡了很多情敌了，我要的是爱情，没有任何负担的爱情。王权富贵、清规戒律这些都是束缚。"

祁山抱抱她，摸摸她的头说："能够安然就好，我会尽力给你幸福。"

## ♂ 五 ♀

　　旁人眼中的贫富差距没有构成两人吵架的导火线，跨越这种社会偏见让两人紧紧相守，产生了一种情感的依恋。但是贫富差距所带来的生活习惯、生活方式却让两人产生了冲突。相处的第四年，他们曾经吵闹到一度要分开。云燕常说："爱情从来都不是一帆风顺的，分分合合很多次，但是最终还是没分开，我相信这种感情是真爱，我只相信这种才是真爱。"

后来，两人开始筹备新家。云燕的母亲看好了一个楼盘便带着云燕和祁山去看。她非常兴奋地规划房间里的格局和摆放，云燕也觉得很满意，但是一回头看见祁山低着头站在窗边，她走过去问："你在想什么？"

祁山很诚恳地说："我在考虑房子的首付和贷款问题。"

云燕的母亲走过来说："你伯父已经考虑到这个问题了，如果你们决定了，就替你们把首付款交了。"

祁山说："这样不太好，伯母，我们两个很独立，应该能够承担购房的压力。"

"小骆，你就别跟我们客气了，叔叔阿姨很喜欢你们，这个算是送给宝贝女儿的一件礼物。"云燕的母亲很开心地说。

祁山还想说什么，但被云燕拦住了，云燕抱着母亲撒娇说："谢谢妈妈，你们最疼我。"祁山见母女这种氛围，他只能咽下想说的话。

回家的路上，祁山一直闷闷不乐，云燕开始还想试图让他开心，但是跟他说了很多笑话之后，祁山都不开口。云燕有些生气，她扭头就往回走，祁山只好追上去。他一边走一边说："我只是觉得不该接受你爸妈送的房子。"

云燕哼了一声，继续往前走，完全不理睬祁山。

祁山提高嗓门说："你知道吗？你的家庭是富裕，但你嫁的人是我。我需要在我们财力能够支撑的范围内给你幸福。如果我们购买那个房子负担太重了，可以换一个稍微小一些的……"

云燕打断了祁山的话："当初我妈让我不要选择普通家庭的男孩子，我做了多少抗争？他们现在终于认可你了，愿意把我托付给你，他们就想给我更好一点的生活，你何必碍于面子拒绝？如果觉得羞愧，你就去挣钱让我们富裕起来。"

祁山第一次听到云燕说这样的话，他很冷地说了一句："我没想到你会这样想。"然后祁山转身就走开了。云燕这才意识到自己说错了话，但当时她觉得自己也很委屈扭头就离开了。


他们因为婚房的问题冷战了很久，祁山只想用自己的力量给她一份幸福。那天祁山下班回家，云燕站在门口迎接他。祁山本来想冷漠地走开，但云燕抓住他的衣角说："你干吗？还要继续僵下去吗？"

祁山很冷静地说："不在这边说。"说完示意她，两人一起走到路边。

祁山看着有些憔悴的云燕就心软了，他问："这几天还好吗？"

云燕委屈地流下了眼泪："凭什么那么久，你都不说话？我只是希望你能体会我当初为了我们挣扎了多久，我只是想要我自己的爱情，不受任何事情的束缚。好不容易他们都妥协了，你却不理解我。"

祁山叹了一口气，他说："你不明白我的心吗？我知道你的付出，虽然你没有说过，但是我知道你的努力。可就是因为你的抗争我才想要自己努力付出，给你幸福，而不是接受他们的赠送。"

祁山见云燕没有说话，他继续补充道："谁都有不可一世的自尊，在爱情里更是明显。你要的是无所顾虑的纯真爱情，但是我想要的最好的爱情是照顾好你的整个生活。你明白吗？爱情里你有你的自尊，我有我的自尊。"

云燕这才感受到，爱情里两个人的自尊一旦拿上刀剑，披上盔甲，彼此厮杀，就会刺伤对方。你握住他的软肋，他拿着你的信任，在一瞬间戳痛彼此最柔软的地方。

两人静默良久，祁山看着泪眼汪汪的云燕，说："我们先分开一段时间，安静一下吧。"

云燕听完祁山的话，哭着跑开了。她心里一片委屈和酸楚，她从小到大从来没有对谁妥协过，也从来不曾低头。这一次她低下头去寻找自己的爱情却被告知要分开。她根本听不进去"分开"两个字前面说了什么，唯一听到的就是分开一段时间，大脑轰鸣的片刻她只有逃回家的想法……

生活就像跷跷板，在跌入低谷的时候总会遇见一朵花开，在鲜花满园的时候也会看见暴风来袭。你想要最灿烂的光就要经历最黑暗的夜。

云燕回到家后回想起这几年相处的时光，虽然有大大小小的争执但是没有任何一次让两个人冰冷到极限。她思忖着是不是自己爱得太骄傲，或者自己爱得太卑微……

在旁人看来，那么漂亮的女生，家境好，有能力，简直是个完美的结婚对象。但是为什么祁山要选择分开，让云燕受伤呢？云燕的母亲看到女儿的悲伤，她很生气地说："你看吧，就是不能嫁给穷人。"

云燕没有跟母亲争辩什么，她只是问了一句："为什么会这样？我只想要一份跟外在无关的爱情。"云燕的母亲只是心疼自己的女儿受伤，把她揽在怀里，叹了一口气："傻孩子！"

而此刻，祁山内心波动也很大。祁山的母亲见他近几日垂头丧气，就问起："儿子，怎么了，都快有新家庭的人了，怎么最近看起来很低落？"

祁山回答说："我和云燕吵架了，她家要给我们买一个大一些的房子，我不想接受这种馈赠，我想用自己的能力给她我负担得起的生活，但是她不明白。"

祁山的母亲说："很多事情没有办法那么纯粹，你自己负担得起的爱才是爱吗？也许你们努力一下就能负担了。"

祁山说："妈，她的生活超出我的预期，我担心她跟着我吃苦。"

"女人其实没有太多顾念，你想过没，或许对于她来说，你不陪在她身边才是最大的痛苦。在自己喜欢的人身边经历柴米油盐的生活都幸福，在自己厌恶的人身边，玫瑰世界也会觉得腐烂发臭。这是我原来对你父亲说的。"祁山的母亲很坚定地跟他说。

他始终还是想用自己的方式让云燕幸福。听完母亲的话，他明白了一件事，那就是云燕其实很在乎他，不然不会来找他，不然不会抗争那么久。他下定决心要去做一件事。

他跑遍了城市里的新楼盘，终于找到一处让他觉得很喜欢的新居，价位、朝向、地段都正好。祁山取出所有的积蓄，还跟朋友借了三万，购买了新居。他在房产证上写了"云燕"两个字，办理好所有的手续，他带着房产证直奔云燕家。

路上他一直拨着云燕的电话，但是传来"您拨打的号码已关机，请稍后再拨"的声音。他心中涌动着一种希望，他期待云燕能够明白，明白那种让她幸福的渴望。来到云燕家门口，他频频敲着门，这一次祁山完全没有了之前的冷静和淡然，他急促慌张，他想要她知道，只想要她知道他来了。

门开了，是云燕的母亲，祁山赶快问："伯母，云燕在楼上吗？"

"在的呀……你……要……"云燕的母亲还没有说完，祁山就飞速几步冲进去，然后直奔云燕的房间。

当祁山气喘吁吁地站在云燕房门口的时候，云燕有些吃惊。祁山开始说话："你看，这是我想给你的幸福，我们会有一个家，一个属于我给你的家。这个时间段，我能够承担的幸福……我只想要给你我能够承担的，但是不知道这个是不是你需要的。"

云燕还是没有太明白发生了什么，接下来祁山就递过来一份房产证，云燕翻开房产证看见了自己的名字，她很惊讶地看着祁山，祁山说："这个是我能承担的。"

"我不等房子，我等的是你的态度！"云燕说完冲过去拥抱了祁山。

## ♂六♀

"这个就是我们的故事，从那次争吵后，我改变了很多，为了这份爱情我会渐渐学着改变自己的脾气，而且再也不大手大脚花钱了。"傲娇的小公主讲完自己的故事后，很温柔地说了自己的改变。

我回应："很喜欢你对爱情的态度，仔细听完了你的故事，感触更深，期待你们的婚礼。"

相互道完晚安后，我躺在床上静静思考两个人的爱情。虽然今后他们难免还会因为家里的一些琐事而争吵，但是经过那一次风波之后，我相信两个人都成熟很多。

最亲密的人最容易产生因为维护自尊而引起的战争，她有她不顾世俗捆绑的勇敢，只想要一份安全的爱情，无论吵闹、任性、刁蛮、自我……她要的是他全盘接受。他有他不顾世俗贫富的眼光，他不想成为一份婚姻的献礼，他要给爱情的也是一份纯粹的担当。爱情里有很多事情看似琐碎，但是蛛丝马迹之间又传递着彼此的意念。自尊开启的战争很难停止，只有双方用爱来融化。

最初的时候，我一直不理解，她为什么想要在婚礼中呈现出分分合合，但是后来看到云燕为了两人的婚礼花费很多精力，四处找人帮忙，尽量降低婚礼预算，同时对细节又非常挑剔时，才明白她为爱在不断改变自己。她说母亲让她不要太节省，想买什么都尽量去买，但是她依旧勤俭节约。

在这个时代中，物质能够撼动的都是轻浮的，那些对爱渴望的灵魂是很难被物质撼动的。这个时代有了更加开放的风气，女性可以勇敢地追求自己的爱情和幸福。**两个独立的个体难免因为各自的自尊产生冲突，这种勇敢的自我表达也是爱的一种表述，不可一世的自尊也是对这个时代浮华的一种抵抗。爱能够让人坚强，能让人不顾一切地勇敢和坚持，让人在成长过程中学会付出和珍惜，包容和关爱。**

# ｛08｝
## 一切的积累只为一个幸运的瞬间

人其实很脆弱，就像河边的芦苇，风吹拂的瞬间可能就折断了生命。同时，人也很有韧性。当厄运来临的时候，如果不是一阵龙卷风而是持续的阴雨天，那么人该如何期待日光穿透云层乍现的瞬间？这个故事的主人公经历的是罕见的曲折的人生，她用"如果"二字坚持到拥抱幸福的一瞬间。

♂ — ♀

何欢是一位很特别的新娘，我在他们举行婚礼前知晓了她的故事，对她的敬意油然而生。她经历了生命的悲、人世的悲，所有的厄运想将她淹没，她竟然奇迹般生存下来，还迎来了生命中最幸福的爱情，一切厄运的铺陈仿佛只是为了陪衬那一个幸运瞬间的绽放。

何欢不知道自己的亲生父母是谁，养母柳茹在一个冬天的周末午后，逛街的时候遇见了一位大婶，她烦劳柳茹帮忙抱一下小婴儿，她去超市把东西提过来。柳茹抱着何欢站在路口等待，等了一个小时、两个小时、三个小时……那位大婶却再也没有回来。

柳茹抱着何欢到地下超市，用广播播放了好几次寻人启事，然而一直在广播间坐到超市打烊都没有回应。她看着哭泣到睡着的何欢，心里想不明白为什么有人要把这么可爱的孩子抛弃，最后柳茹只好把何欢带回了自己家。柳茹心地善良，不忍心把孩子送到孤儿院，养父何飞对这件事很冷漠，要养自己家两个儿子就已经很困难了，为什么还要再养一个女儿？柳茹不肯把婴儿送走，因此，何飞对待母女二人再也没什么好脾气。

空余的时候，柳茹会做一些缝纫的工作，把这些贴补都用来照顾何欢的生活起居。何欢在柳茹的精心照料下健康成长到了七岁。七岁那年，柳茹因为心肌梗塞突然去世了，这个给予何欢温暖的人就这样离她远去了。

柳茹的葬礼在一个寒冷的冬天举行，大风肆意地吹着，何飞没有掉一滴眼泪，他带着两个儿子慢慢跟着灵柩往前走。何欢一路追着人群，一边哭着："不要带走我妈！不要带走她！"她瘦小的身躯被淹没在人群之中。入土的时候，何欢冲上去想叫他们住手，两个好心的阿姨把何欢拉到一旁，对她说："孩子，别哭了，妈妈会保佑你的。"

眼泪模糊了何欢的眼，她只记得自己嘶吼着停不下来的哭声，最后哭累了，墓碑已经立好了，人群也散了。何飞叫了她三次，见她一动不动地坐在柳茹的墓前，就带着两个儿子冷漠地离开了。

　　何欢的世界里最后的余温也渐渐消散，周围寂静到何欢只能听见自己的心跳声和停不住的啜泣。天色渐暗，她环顾了周围陌生的环境，夹杂着恐惧、饥寒、悲伤的情绪朝着有灯火的门口跑去。她一直记得那种感觉，就是要不顾一切朝着灯光的方向奔跑，她脑海中的念头是，如果那里有火就很温暖，如果那里有粥就不饿了，如果那里有人就不害怕了……

　　每一次在黑暗中，她都会告诉自己"如果"怎样就能怎样，所以一定要朝着光明的地方奔跑。她跑到陵园有灯光的门口，站在光亮的地方揉着胀痛的眼睛。

　　门口守门的大爷看到她一个女孩孤身一人站在门口，问她为什么留下了，她说想多陪伴妈妈一会儿。大爷见所有人都走了，他在登记簿上翻出何飞留下的电话，然后拨了过去。何飞让大爷帮忙打一辆车送何欢回去。好心的大爷不放心，就对何欢说："你可以等我下班吗？我载你回家吧！"

　　何欢不敢说话，只是点点头。

　　大爷说："他们怎么会忘记带你回家呢？真是的。"晚上何欢坐着大爷的自行车回到了家，但是家里没有了柳茹，冰冰冷冷毫无生气。何飞对她没有好脸色，直接让她回自己的房间不要出来。何欢回到房里，看着柳茹送给她的故事书，一边翻看一边伤心地哭泣，直到哭累了睡着。

柳茹去世后没多久，何飞就把何欢送到了孤儿院。何欢不适应孤儿院的生活，她就找到机会从孤儿院偷偷跑了出来。她想到陵园去看妈妈，便一路询问路人一路徒步走。她相信她一定可以走到妈妈身边。当她来到陵园的时候，已经快要关门了，只剩下那位大爷在打扫办公室。他抬头看到何欢站在门口，很怜悯地问："怎么了？小姑娘又被抛下了吗？"

　　何欢红着眼睛说："爷爷，我想看妈妈。"

　　大爷说："哟，这么晚了，明天好不？明天一大早爷爷带你来看。瞧，眼睛都哭肿了，先来这边坐坐。"

　　"爷爷，我想见妈妈，好想她。"何欢一直说。

　　"可怜的孩子，妈妈去了天堂，上面闪烁着星星有一颗就是她，她会看得到你也会一直守护着你。"大爷坐下跟何欢慢慢说。

　　"可是我好想在她身边，我一个人在这里，害怕。"

　　"每个人都是一颗星星，看着相互发光，但是却没有办法近距离拥抱，所以你要习惯一个人，要慢慢一个人长大。"

　　"是吗？那人不是生下来就开始孤单了吗？"

　　"是的。没有人能够陪你一辈子，除了你自己。乖，你先坐会儿，等爷爷把地扫了再载你走。"爷爷摸摸何欢的头，起身继续扫地。

　　何欢看着满夜的星星，那么广阔的天空中，每一颗都如此渺小。人海茫茫中自己就像微尘一样渺小且孤独。何欢一边看着星星一边回忆过去与柳茹戏耍的情节。柳茹会抱着她坐在河边告诉她北极星的方位，然后教她数数。最后，她就睡着了，柳茹再抱着她慢慢往家走……

　　何欢身后的灯被大爷关闭了，他走出来，拍拍她说："走，爷爷送你回家！"

"爷爷，我没有家，上次你把我送回去，他们就把我带到孤儿院，我不想再回到那里……"

"哎，怎么能这样？"

何欢说："除了妈妈没有人想要我。"

大爷叹了一口气接着说："孩子你跟我走吧，他们也不肯要我，咱爷孙俩一起过吧。"

## ♂ 二 ♀

大爷曾鸿也是孤零零一个人。几年前他的儿子出国了，没多久儿子就把媳妇接过去定居了。但是暂时没有条件接老爷子过去，就留下曾大爷一个人守着旧房子，过着宁静的日子。儿子走的时候说会来接他的，但是曾鸿也不知道具体会是什么时间，他也没有抱太多希望。以前曾大爷每一次跟儿子打完电话，总会觉得孤单，现在有了何欢的陪伴，他开心多了。

曾大爷一直把何欢当作孙女一般照顾，送她念书，带她旅行，培养她的兴趣爱好，彼此相依为命的日子倒也平和安静。

何欢转眼间成为了18岁的大姑娘，这一年她刚刚高中毕业。曾大爷的儿子终于来接他去美国养老了，他们临走前帮何欢办理好入学助学贷款证件，安顿好何欢未来的生活，曾大爷就跟着儿子离开了。

何欢又一次面临分离，这一次她不再像小时候那般歇斯底里。因为她知道爷爷总有一天要和家人相聚。她目送着曾爷爷消失在通道那端，看着飞机起飞。那天她又到母亲墓前献上了一束鲜花，然后诉说了一会儿最近发生的事。最后，她静静地问："妈妈，是不是每个人最终都会离开我……"说完之后，她叹了一口气，起身离开陵园，回头看了一下陵园的大门，想着温暖的曾爷爷，何欢微微笑了。

进入大学后，她一直都在勤工俭学，其他的同学可以放心遨游书海或者迷恋爱河，但是她只能处于紧绷的状态中，她明白如果她不努力，就不会有未来。大学期间，她一边打工，一边拼命完成功课。她成绩优秀，获得多种荣誉，优秀的光环笼罩着她。但是谁也不知道这些光环后面，有她自己多少个暗夜的挣扎。

有一个叫屈奇的男孩很关注她，瘦弱精明的年轻小伙爱上了何欢。二十岁的何欢落落大方，扎着马尾，健康活泼，她时常穿着牛仔裤和白色T恤，活跃在校园里每一个地方。曾爷爷的爱让何欢的少年时代充满了快乐。

屈奇很关注她，去图书馆的时候，屈奇喜欢坐在她的对面，会跟她打招呼介绍自己；去上课的时候，他总会找她附近的位子坐下，会向她借东西然后跟她说话……渐渐两人就越来越熟悉。屈奇会带她去喝咖啡，两人一起逛逛小店，或者一起去找最新的电影看……大学恋爱的内容其实很简单。

屈奇发现何欢在空余时间都很忙碌，他以为她专注于律师事务所的事情，全然不知何欢还在为助学贷款奋力打着零时工。最终何欢以她学业上一贯的优秀获得了城中最好律师事务所的入职邀请。屈奇眼中见的是一直闪着光的何欢，毕业没多久他们就结婚了。

结婚后，屈奇才发现原来那么光鲜亮丽的何欢是个孤儿，她在美国的爷爷只是收留何欢的一位故人，何欢还在非常辛苦地偿还助学贷款。他原以为娶了一个爷爷在美国的优秀女孩，后来才发现何欢除了自己的双手什么都没有，没有亲人，没有家族，甚至没有积蓄，一无所有孤零零一人。屈奇发现这一切的时候，有一些嫌弃何欢，在生活中逐渐排斥何欢。

他独自出席一些公务活动、社交场合，跟一些权贵女性接触。何欢对这一切置若罔闻，她继续追求自己的事业，她努力适应律师行业的一些社交技能，但是没做到游刃有余。毕业后仅仅五年，她跟屈奇在职场里就拉开很大的距离。

屈奇越来越嫌弃何欢，甚至带着新培养的秘书出席一些公共场合。屈奇的秘书对何欢毫不尊重，她甚至让何欢当众下不了台。何欢实在难以忍受，准备好了离婚协议，请屈奇在上面签字。

她没想到屈奇很洒脱地就签了字。何欢再一次亲眼看着曾经很熟悉的人，揽着秘书堂而皇之地离开。她的心中泛起无限落寞感，但一转念又想，这或许是一种幸运，幸好离开了一段不幸运的婚姻。偏偏祸不单行，有一天何欢晕倒了，她去医院检查的时候发现，自己得了乳腺癌。

♂ 三 ♀

何欢从医院回到家后，空荡荡的屋子让她感觉异常落寞和孤单。抛弃她的亲生父母、猝不及防失去了生命的柳茹、从来就不愿意收养她的何飞、无可奈何离开的曾爷爷、像一场浮华骗局的屈奇，所有的这一切都还不算考验吗？命运还安排她要在死亡的边界线上徘徊，这一次她不知道是否有意念可以跟这个病魔搏斗。她每一次都会用"如果"畅想着未来，让希望拖着她离开黑暗的深渊，这一次她想如果能够康复，然后呢，再经历被抛弃、被欺骗、被排斥……人与人之间的冷漠比世事变迁可怕多了。

但是何欢没有任何选择，孤身一人的她只能越挫越勇，她只能挣扎着前行。她很快整理好财务，变卖了自己的房产，只提着一个行李箱来到医院。她不知道能不能从这里再健康地走出来，但是她想最后一搏。


她提着箱子走进医院，对前台护士小姐说："您好，我准备办理入院手续。"

护士小姐说："您好，请问您为哪位亲友办理？"

何欢很诚恳地看着护士小姐，冷静地说："为我自己。"

护士身边的男主治医生听到后，抬起头看了看何欢。这位主治医生叫作翁一凡，是医院里的年轻医生，刚刚学成归来且对病人呵护有加。翁一凡快步走过来，对何欢说："何小姐，你检查的那天我们见过，我叫翁一凡，是您上次的检查医师，您的病例在我这里，请跟我来。"他示意何欢跟他走，然后又对身边的护士说："珍妮，烦劳您一会儿帮这位小姐办理一下入院手续，好吗？"

珍妮没有说话，只是安静地点了点头，然后问何欢要了身份证等证件开始办理入院手续。

翁一凡带着何欢朝自己的办公室走，医院透亮的通道干净整洁，弥漫着医院药剂特有的气味。翁一凡步履稳健，一米八的身高，步子迈得很大，一米六的何欢很费力地跟着走，不时需要小跑几步。何欢跟不上，停下来说："翁医生，能否稍微慢一点，您的步子比较大，我追赶有些吃力。"

翁一凡回头看着何欢，低着头笑了："来医院检查那天，你跑得可快了，我都几乎追不上。没想到今天你走这么慢。"

何欢回忆起当时到医院检查的画面，当时她很惶恐，根本记不得医生的模样，她只是沉浸在自己的感觉里：我要活下去，要奔跑，朝着有光的地方奔跑，如果跑过去就温暖了。她的人生一直是这样，从来没有停下来过。

何欢只隐隐约约想起当时的一些画面，她不好意思地说："翁医生，不好意思，当时有点恍惚，根本记不住细节，只想着要活下去。"

"我记得，你是一个很坚强、有着强烈求生意志的病人。我有一些病人在进入医院之前，内心就崩溃了，你还是那么勇往直前，这种求生且稳重的意念让我很惊讶。"翁一凡用赞赏的眼光看着何欢。

何欢冷静地笑了："习惯了。"

翁一凡回头继续往前走，比刚才慢了一些，他带她来到自己的办公室，坐下后为她专业讲解如何治疗、整个流程是怎样的、期待何欢能够配合些什么。说完这些之后，翁一凡问了一句："你的亲人近期应该可以过来照顾你吧？这段时间你非常需要他们，请尽早通知他们过来。"

何欢说："我是孤儿，且刚离婚没有孩子。"或许是职业习惯，或许是与人交往让她很疲倦，她心直口快地说了，丝毫都没有遮掩这些事实。

翁一凡本来想要给何欢安慰，但是看见何欢那么干脆果断，他努努嘴说："也好，赤条条无牵挂，你真的很特别。"

何欢笑了："我大概就是向死而生吧！翁医生，我想我的病房应该已经安排好了，我想去整理一下，那我先走了。"

"好的，明天见！"

何欢起身离开办公室，前往护士台询问自己的病房安排情况。她因为没有亲人的护理，所以被安排住进了有特殊护理的病房。她穿上浅蓝色病服，静静躺在床上的时候，才卸下所有的盔甲，平静自己的心绪之后，闭上眼睛任凭脑海中的画面随意浮动。

她脑海中回顾着过往：回忆柳茹娴静地踏着缝纫机，会追问她饿没饿，然后用手轻抚她红润的小脸蛋，她总是说不饿，因为她想做一个最听话不麻烦人的孩子；她也想起了19岁的时候，在一个清晨她带着一捧鲜花坐在柳茹的墓前，说着："如果你看见现在的我，是不是觉得很安慰？"她想起曾爷爷带着她坐敞篷自行车，游览北京故宫周围，那时夏天柳条随风飘动，护城河里波光粼粼，她第一次吃了冰糖葫芦；她也想起曾爷爷的儿子进门看着她的眼神，那一刻她觉得自己好像犯了什么错误应该立即消失一样，曾爷爷把她护在身后说："你可曾想过，她也是被抛弃的人，跟我一样！"她想起屈奇投进一个篮球总会朝着她眨一下眼，然后笑得很灿烂；她也想起混迹高端场所看起来很儒雅的屈奇，骨子里透着追名逐利的贪婪让她反感……一切的一切居然那么清晰，想着想着她累了，枕着眼角的泪水睡去了。

翁一凡忙完手头所有的事，心中总觉得还有什么挂念。他翻看自己的工作日记，上面最后一栏写着"看望新病人何欢"，何欢如此冷静且坦率，这样的性格让他印象深刻。那个女子心中燃烧的希望如此强烈。何欢身上既有对死亡毫无畏惧的勇敢，也有对生存竭尽全力的挣扎，内心是如此坚韧，翁一凡对何欢产生了好奇感。他问了前台何欢的情况，珍妮说："很稳定，刚刚入睡，翁医生。"

"好好照顾她，珍妮，注意晚间的情况，数据要记录清楚。"

"会的，翁医生！"珍妮很认真地回复一凡医生。

翁一凡推开病房的门，轻轻走了进去，看了一下何欢身边各种仪器的参数和床头的记录。然后俯下身静静看着这个女子，浅浅的暖光投映在她的脸上，她的脸色依然苍白，呼吸均匀，睡得很安稳，只是眼角有泪痕。翁一凡下意识帮她拉了拉被子，轻轻关上门离开了。

翁一凡在回家的路上多了一点心事——她居然没有亲人而且还离婚了，在这个城市还有这么孤独的人。


翁一凡一直以为自己才是最孤独的，父母离异之后没有人愿意照料翁一凡，他自小就跟着外婆长大。后来疾病带走了最亲密的外婆，翁一凡下定决心要做一名医生，希望能够减少病人的痛苦。他非常努力，一边打工一边上学，再辛苦都不愿放弃，悬壶济世的慈悯之心让他一直专注于医学研究。与何欢有种类似遭遇的翁一凡，对何欢产生了同情心。

第二天，翁一凡一到医院，就去看何欢，但是何欢没在房间，病床上只有散乱的被子。他在医院大大小小的角落里寻找何欢，庭院中的花圃、医院的食堂、可以看见宁静湖泊的小亭子……这些地方都没有看到何欢。他想到了医院的楼顶，病人们总爱去那个地方，在那里可以俯瞰整个医院，看得见湖泊、绿树、鲜花，他爬上楼顶，果真看见何欢站在那里，伸展着双手看着天空。

翁一凡走过去，轻轻用手指戳了她一下，何欢有些被惊吓到，回头看是翁医生就说："原来是你啊，翁医生。"

翁一凡问："为什么没有呆在房间，正常的巡房时间快到了。"

"我想透透气，坐在病房里，周围的一切无时无刻在提醒我，我是一个病人。"何欢看着远方说，"走出来了，外面还是那么自然，天空还是这样，日出还是这样，人还是那么匆忙……世界没有什么变化，只是我多了一段遭遇，这样想来什么就变成一件小事了。"何欢说完看了看翁医生。

翁医生笑了："本来就是小事，想开了什么都是须臾一瞬。走吧，外面风大，回房间吧。"说完翁医生带着何欢回病房了。

## ♂ 四 ♀

接下来的日子，是何欢经历治疗的最痛苦时期。化疗让她忍不住地呕吐，她难以抑制从体内涌动而出的恶心感，每一次从卫生间出来的时候，何欢必须扶住门口的门廊才能让自己安心站立。凌乱的头发、身上不小心沾上的呕吐物、口中难以除去的气味……让何欢陷入晕眩中。每一次呕吐完，只有挣扎着才能躺在病床上，靠着绵软的枕头的那一瞬间，何欢才感到安心。

有两次，翁医生无意中撞到何欢在呕吐，他看着她的挣扎和痛苦，还有那无法击垮的眼神，翁一凡产生了想要呵护她的冲动。

稍后的日子，他有空了就来看何欢，他会带着切好片的香蕉或者剥掉外壳的核桃来看她。而每一次何欢见到翁一凡都有一种亲近感，何欢没有任何亲人可以在这种时候守护自己，一位陌生人的暖心之举让何欢很感动。

因为化疗的缘故，何欢的头发掉了不少，她想在头发落光之前留下一些美好的记忆。她悄悄问翁一凡："我能否溜出医院，就一天而已？"

翁一凡很好奇地问："为什么想要溜出医院呢？"

何欢指着脑袋说："想给脑袋留个影。"

"周末我陪你出去吧，你身边随时需要有一个人照顾，如果晕倒了很危险。"翁一凡看着她笑了笑。

周末到了，翁一凡站在走廊等何欢，何欢出来的时候，第一次看见脱了白大褂的翁一凡。他穿着白色休闲长裤、深蓝色的外套、条纹衬衫，整套衣装搭配他略微白皙的肤色，看起来俊朗潇洒。何欢有些回避翁一凡的眼神，略显羞涩的何欢今天穿着平日最喜欢的套裙，The Row春夏款，藏蓝色长裙，外面笼了一层薄薄的蓝色纱，手上拿着黑色钱包，显得很动人。

何欢今天还特地戴了一顶黑色大檐帽，化了淡淡的妆。在翁一凡眼中，何欢没有貌若天仙的美艳，却是一种很倔强的韧性美，那种渗透到生命里的厚重和无所畏惧的勇敢。这些都是他所偏爱的。

翁一凡带着何欢到自己朋友的摄影工作室，他想给何欢一个惊喜。

何欢走进去的时候，遇见了一个繁花盛开的花园布景，正前方一个薄荷绿的画框蒙上了一层薄纱，画框前后是簇拥着的绣球花墙，椅子上放着一条抹胸鱼尾的婚纱和一顶大帽檐白色纱质的帽子，灯光和摄影师都已经就绪。何欢有一些惊讶，她双手捂住嘴巴，难以掩饰出乎意料的惊喜感。

化妆师为何欢打理了一下，然后把她稀薄的头发塞进帽子中，盘成一个小发髻搭配白色帽子，点缀了少许白色花卉，用彩珠调整了面部的亮度，提升苹果肌两边的颜色。化妆师还特地为她选了一款玫红色的哑光口红，色彩靓丽不失青春感。

一切就绪后，拍摄正式开始。鼓风机吹动着何欢的裙摆，花卉在风中自然摇摆，何欢站在画里，让翁一凡有一种很美好的期待。他想，如果她能熬过疾病，一定能收获很多幸福，她是那么韧性自然的女子。

开始何欢很不自然，但后来她彻底放开了，她开始摆设很多姿势，美丽的、俏皮的、大方的、沉思的、故作神秘的……每一种姿势都不一样，仿佛不想留下任何重复的影像。拍摄完毕，她一边擦着汗一边对翁一凡说："刚才跳起来了，没想到穿着鱼尾婚纱也能跳起来，哈哈。"她就像一个很快乐的孩子，沉浸在刚才美好的氛围中。翁一凡频频点头，然后轻轻说："去换衣服吧，小心感冒，然后带你去吃晚餐。"

何欢说："如果结婚的时候也可以穿成这样该多好！"

翁一凡说："那就要每天听话。"

何欢很开心地说："好的，翁医生！"


他们两人驱车前往餐厅，翁一凡早就准备好了餐食和红酒，他们坐下的时候，服务员问："翁先生，是否确定刚预定的菜谱，有想临时变更的口味吗？"

翁一凡很果断地说："没有，准备上菜吧，把我的红酒拿来，谢谢。"

何欢有一些受宠若惊，她盯着翁一凡："你还准备了红酒，翁医生，我是病人……"

"允许你喝一杯，看你馋不馋？"

"哼。"何欢俏皮翻了翻白眼。

"你还……哈哈……好吧。"翁医生有些乐不可支。

两人正式进餐的时候，翁一凡看何欢吃得很开心，就乐了，问："这些你都爱吃吗？"

"我觉得食物是一种恩赐。不挨饿，不寒冷，不黑暗，就是最大的幸福；是食物都美味。所以要珍惜每一种食物。"

"你的小宇宙还挺健全的，道理总是一套一套的。何欢，我想问你个问题？"

"翁医生，你说啊！"

"何欢，如果你出院了，愿不愿意考虑一下跟我交往？"

"哈，翁医生……你是在逗我吗？"何欢停止进食，很惊讶地看着翁医生。

"何欢，你看不出我喜欢你吗？我以为很明显……"

"翁医生……我一直以为你的这些行为都是对病人无私的关爱。"

"其实，我看到你会很紧张、很慎重，也很想满足你的每一个愿望……这是一种超越简单的医生病人之间的关系，而且……"

"而且什么……"

"以后再告诉你……"

"可是……翁医生……我担心自己不能活下来。"何欢说完这句然后低下头沉默了。

"你不是常说如果怎样，如果怎样，然后就真的怎样了吗？虽然现在不能承诺什么，但有我陪伴。"说着翁一凡牵起何欢的手，"不要有压力，想着未来就好。"

两人愉快地吃完晚餐，翁一凡送何欢回到病房。他很慎重地跟何欢说："接下来的治疗会比之前严苛些，我会陪在你身边。"说着他握住何欢的手，何欢吻了一下翁一凡的脸颊，翁一凡轻轻抱住了何欢。

翁一凡是一个很节省的人，他对财务管理非常有规划，每个月除了车贷、房贷之外没有剩余多少钱，这一次请何欢摄影、吃饭，是他从银行取出的之前存着购买电脑的钱。他越来越想给何欢一个完整的幸福。于是他比之前更加节省，同时增加了自己的工作量——他想存够钱可以给康复的何欢一份惊喜。

随着药量的加大和治疗次数的增多，何欢也增加了自己每天的运动量。她开始在医院里跑步，晨跑的时间越来越长。

一天清晨，何欢自己出去晨跑，在半路的时候昏倒了，幸好身边有路过的早班护士，很快将何欢送进急救室。睡梦中被电话惊醒的翁一凡，听到何欢进了急救室，他惊惶失色，飞奔到医院，喘着粗气穿上白大褂，护士频频报告各种指数，他下达指令。几次心跳复苏后，何欢的情况有了起色，翁一凡看着何欢的心跳仪，叉着腰舒了一口气，就在大家为何欢庆幸的时候，翁一凡晕倒在地。

翁一凡在病床上醒来的时候，何欢坐在旁边，她说："翁医生，原来你也会晕倒啊！"

珍妮进入病房，她一边给翁一凡挂盐水一边说："从来没有见过翁医生这么紧张，多数病人的案子他都是信手拈来、游刃有余。何欢这次晕倒可让翁医生惊吓不小。"

何欢跟翁一凡相视而笑，何欢说："谢谢翁医生的操劳，以后再也不敢早上单独运动了。"

翁一凡很严肃地说："运动要适量，你的病情正在好转，不要有任何意外伤害。"

后来，翁一凡不仅每天给何欢带水果，而且他比之前起得更早。他开始陪着何欢在医院里运动，两人朝夕相伴。只要完成了当天的工作，翁一凡就会来看何欢。

一天清晨，何欢睡过头了，跑出来的时候，翁一凡将近等了半小时，他没有打电话催何欢，在原地走过来走过去活动取暖。看见何欢的时候，翁一凡走上去，敲了何欢的脑壳一下说："我站了好久啊。"何欢温柔地牵起翁一凡的手，把他的手放到自己的手里，两个人暖暖地牵着。

后来何欢的病情控制住了，翁一凡很幸福地把她抱了起来。就在那一天，当着整个病房的护士和医师，翁一凡下跪求婚了，何欢满心欢喜地答应了。

何欢说起当时的情景，眼睛中闪烁着泪花："那天的感觉就像，一切的厄运积累都是为了那一瞬间的幸福到来的喜悦。他先是走进来，告诉我说我病情控制住了，可以准备出院调养。然后他就看着我的眼睛，我觉得有些害羞的时候被他抱了起来。当时惊吓不小，后来周围的护士和医师就起哄让他亲我。但是他没有，他放开了我，跪下去。"何欢的思绪飘到了那一天。

"嫁给我，我等了很久，在第一次看见你被病痛折磨得很痛苦但是很倔强的眼神时，我就被你吸引了。我相信人有很多种品质会吸引他人，我喜欢你骨子里不肯屈服的性格。嫁给我，好吗？未来的日子我们一起走。"翁一凡诚恳说完后，周围所有的人开始鼓掌，何欢有些惊讶地站在那里。

何欢使劲舒了一口气说："我从生下来就习惯被抛弃，不得已一个人独自面对这个世界，你让我习惯了两个人，后果就只能让你承担了。我愿意，愿意嫁给翁一凡！"

翁一凡站起来不管身边的人就抱了何欢一个满怀……

## ♂五♀

翁一凡跟康复的何欢领了结婚证，之后就找到我们帮助他们筹备婚礼。翁一凡除了医院正常的工作之外，他还为一些高端客人提供上门医疗服务，终于费尽心力攒够了钱，给了何欢一场她想要的婚礼。

何欢曾经无意中看旅游杂志的时候说起，如果在巴厘岛举行婚礼该多好，那个岛曾经是被遗弃在大洋中的，后来被发现那是一颗不折不扣的海上明珠。而他们两个也是差点被命运抛弃的人，最终还是闪闪发光地活着。

　　翁一凡最终成功地送给了何欢这场巴厘岛的婚礼。

　　天台前面是一览无余的三百六十度的海景，两边是宁静的水池，通道铺满洁白的花瓣，水池上摆上了在微风中摇曳的杯烛。一共只有十几个人见证这场只属于两人的婚礼，何欢兴奋极了。

　　绚丽的夕阳映红了整个天空，投射在宁静的水池上，天空与水面相接，翁一凡站在牧师的前方等待着他美丽的新娘。何欢一个人在巴厘岛当地音乐声中缓缓步行，朝着翁一凡毫不犹豫地走过去。她独自一人经历了被遗弃、被分离、被疾病折磨……每一次失望的时候，反而是陌生人给予了她温暖，那些曾经照顾过她的温暖面庞，在她的脑海中缓缓划过，她始终坚信"如果"二字，生命的熊熊之火在心中燃烧，照亮了自己的生命也点燃了翁一凡的心，两个需要彼此治愈的灵魂相遇了。

　　在海天之间，在晚霞的天幕中，牧师念着传统西式婚礼中的誓词，轮到新郎讲话的时候，翁一凡说："我看过太多脆弱的、瞬间就消失的生命，所以从来不相信生命会是有韧性的芦苇。你是第一个让我相信信念能够战胜一切遭遇的人。你的倔强、你的韧性、你怀着'如果'的希望，始终照亮着我的生命，我爱你，何欢。"

　　当翁一凡牵起何欢的手时，何欢说："《圣经》里有一段话我很喜欢。Love is patient , love is kind. It dose not envy , it dose not boast , it is not proud. Love never fails. 在你来之前，我的生命里有很多过客和重要的人，他们或许留下美好的记忆与感恩，或许留下难忘的痛楚和教训，但是他没教会我爱的诠释，直到遇见你，我才懂得那段爱的诠释。我希望你能一直留在我的生命里。"

一幅绝妙的风景，夕阳投身在晕染池中的涟漪之上，一对璧人拥抱的剪影投影在水中。在这样的时空中，仿佛海的呼吸记忆了这些轻柔的时刻，风的轻抚带着两人甜蜜的温度四处散播，他吻着她，他拥着她，他爱着她。

这是一场很私密的婚礼，音乐、誓词、鲜花都比不上他们牢牢牵着的手。经历了比常人更多厄运的何欢，也终于明白为什么厄运总是缠着自己。当她回望的时候，她才发现正是这一切让她拥有了异于常人的坚韧和拥抱希望的力量。

如果没有那些千锤百炼，如何成就后来的相遇与相知？

每一种人生经历都像你的储蓄——储存感知，储存耐力……当你遇见类似的人时，就会释放出同样的感知，同样的耐力。

记得有人说，人就像一座电台，会在空中不断发出自己的电波，相同频率的人总会在空中相遇继而产生相遇的火花，所以不要让生活中暂时的黯然腐蚀心中的希望，总会遇见同一频率的人，他能懂得你独一无二的好。

# { 09 }

## 诗意和远方都是我想给你的

　　他像一个自由的诗人，她像一位心灵的捕手；他不受世俗牵绊，她一直都在世俗的规矩当中，十多年的灵魂相伴才成就这一对佳偶。

　　他们的婚礼像是成功的庆典，但是成功对他们来说不是功名利禄，而是一种生活态度，爱情是其中最重要的成分。他们的婚礼是成功的宣言也是爱情的华章。

　　这个时代有一种"盖茨式"效应，无论王石、潘石屹、马云、扎克伯格、乔布斯……都不是校园里中规中矩的杰出人物，都是凭借自己的能力改变这个时代的人物。吕良也是这样的一位创造者。

♂ — ♀

　　吕良家住传统的陕西窑洞，冬暖夏凉，黄河边有他整个自由的童年记忆。他家以前从来没有出过大学生，他是家里唯一一个喜欢看书的孩子。家里异常困难的时候，晚上只能点煤油灯，大家入睡后吕良还想再看书，于是他就悄悄点亮了煤油灯，每次被爷爷发现后就会遭受一顿狠打。因为点煤油灯的原因，他鼻孔里长期都是黑糊糊的，被孩子们嘲笑，但是他丝毫不介意。凭借自己的努力和悟性，他考上了重点大学，进入高等学府。

他并不像大多数活跃在学校里的拔尖生那样急功近利——忙于社团活动，忙于成绩争取奖学金，忙于干部称号带来的加分，忙于仅有的几个保研名额。大学四年，他只愿做一件事，那就是"读书"。

中国的、外国的，古典的、现代的，文言文、白话文……他把图书馆翻了个底朝天。除了喜欢的教授的课程，他很少出现在课堂上。这样的状态难免不挂科，但是他丝毫不在意。在学校里就只身一人遨游书海，和书中的人交朋友，和书中的人物进行辩论，读书占据了整个大学时光。

古往今来、时势变迁、文学的雅致、哲学的洞明、历史的睿智，他都是侃侃而谈。这些游弋在精神层面的享受让他很自由。他的论点一针见血，辛辣老到，让教授喜出望外，让同学们称赞不已。

大学毕业的时候，一位教授邀请他读研究生，让他走科研道路，但他还是选择了其他道路。他因为有些科目没有修够学分，最后连结业证都没有领到。但是对于他来说，这件事完全不重要，他丝毫不在意，同学问起来的时候他总是笑笑。最后他赤条条无牵挂地离开学校往北京走了。

对于他来说，毕业最重要的收获就是爱情。他独特的学术观点和杰出的思辨能力吸引了一个名叫施涟漪的学妹。大学期间他只参加了一个社团，那就是读书会。这个社团正好是由施涟漪来主持的。

施漪涟是品学兼优的好学生，圆润白皙，谈吐雅致，有一种邻家妹妹的感觉。她剪了齐耳的短发，拥有江南女子的宁静与雅致，她有自己的思想，独立而坚韧，身上有一种超越她年纪的成熟和稳重。

每一次她主持读书会总是不慌不忙，有条不紊，开会前都会准备好议程和时间节点。读书会的规则很明晰，每一期发言最有创新点、学术价值的讲者，就会成为学院周刊的采访对象。他们运用论坛、周刊促进学术观点的交流和发展。

施涟漪和多数女孩一样，崇拜在自己喜欢的领域内很专业的男生。吕良平时衣着朴素干净，讲起学术观点纵横捭阖、慷慨激昂。时而辛辣老到，时而新颖别致，时而充满人文关怀……她流连在他主导的谈话内容中，每一次都像发现了宝藏一样欣喜万分。每一次吕良讲话的时候，施涟漪总会听得很入神。曾经有一次，吕良讲完观点后坐下许久，施涟漪还看着吕良，有些入神，直到有人起哄，施涟漪才回神过来低头腼腆地笑了。

施涟漪没有主动找过吕良学长，有时候读书会结束了，几个人还意犹未尽，就相约校园里的餐厅一起吃饭，一起分享。在相互分享观点的过程中，吕良发现施涟漪懂得他的观点，而且很有悟性，一点就通。每一次跟施涟漪沟通的时候，他都会发现她的阅读量在稳步提升，新颖的想法也会自然涌现。两人也会因为某一个论点争论很久，翻查图书馆中各类资料，找到证据来证明自己的观点，然后进行思维上的碰撞，一场激烈的唇枪舌剑反而增进了两人的感情。一来一往的论战是两人智慧的交锋，虽然施涟漪多数时间都略逊一筹，但是她成长的速度还是让吕良惊叹。

两人在交流中慢慢形成了默契和爱慕，吕良平时不爱多说话，但是一直很照顾施涟漪。社团有活动他都争当苦力，冬天来了，他会寻觅最棒的烤红薯给她送去，他在图书馆里看着书偶尔困乏睡着了，总是会被施涟漪敲醒。

那一年秋天，两人饭后一起约着走到山顶的老图书馆，站在图书馆外面的平台远眺，整个山林秋色灿烂，黄色银杏金灿灿的，偏红色的树叶像红云一样绚丽夺目，绿色零星点缀构成了一道美丽的风景。涟漪看着身边的吕良，然后终于鼓起勇气说："学长，你觉得我怎么样？"

吕良打趣地开玩笑说："什么怎么样？你又不是产品，难道我还要写个测评？"

涟漪说："学长，做我男朋友吧？我是认真的。"

吕良见涟漪的口吻和表情很慎重，突然不知所措，忙说："今天不是愚人节哦，你别耍我……"

涟漪说："笨，我一个女孩子开口说了，你不答应就算了。"

吕良忙说："别别别，你让我多享受一下胜利果实的甜味嘛！"

"学长，什么意思？"

"其实我也想说同样的话，只是你抢了先机。"吕良笑了，很认真地看着涟漪，"你暗中喜欢我多久了？"吕良接着很俏皮地问。

"喂……"涟漪有些害羞。

## ♂ 二 ♀

　　吕良牵起涟漪的手，拉着她走入浪漫秋天的校园。两个人在即将毕业的时候终于明确了关系。他们以情侣的身份度过了大四下学期，转眼间就要毕业了。其他人的大学毕业是以喧闹释放的娱乐来收尾的，吕良的大学毕业却是以一把蒲扇、几本书来收尾的。他很淡然地面对周遭发生的一切。最后，他选择了到北京发展。那天在火车站的时候，吕良只提了一只箱子，然后苦笑着对涟漪说："看，读完四年，我只有这只箱子里的东西和我肚子里的墨水，其他一无所有。"

　　涟漪笑了笑："我不重要吗？你还有我啊。"

　　吕良看着涟漪，她清澈的眼眸里是自己的倒影，他觉得很欣慰，默默说了一句："只要有你就很幸福了。"涟漪是唯一能够懂得他的人。


　　异地恋没有对两人的情感带来多大的困难，他们各自都忙于自己的事情，也耐得住寂寞。施涟漪忙于保送研究生的准备，吕良也忙着在北京寻觅合适自己的工作。两人也不焦灼，施涟漪懂得他心中的那些才华与思虑。一个在尘世间修行，一个在书本中修行，两人在寻觅各自的道，都懂得孤独中静守，喧闹中旁观，不为浮华所动，不受变迁惊扰，这种默契让两人拥有彼此，其他人无法闯入其中，也无法懂得这种微妙的灵犀。

　　吕良在北京打拼的日子里，住在一个有很多公共床位的房间中。

一个房间就像宿舍一样放满了三四个上下铺，不到80平方米的房子住着14个人。一个公共空间里，三教九流的人都有。这些舍友有来自附近高等学院的毕业生，非常注重仪表，每天起得很晚，然后耗费一个半小时时间装扮自己，期待能够交上好运，过上富裕自由的生活；有从农村来的勤奋憨厚的小伙，经常关注的就是楼下新鲜的馒头出炉，或者是理发店的妹子；也有很多来自北京郊区的年轻小伙，他们每天都沉溺在网游里却跟家里人说在念书，空闲的时候跑跑物流挣一点零散的钱。

吕良感知着周围的一切，以开放的心态面对各种舍友，他按时出门找工作，回到床位梳洗之后开始阅读，这个世界的喧嚣和繁华只看在眼中。施涟漪有时候晚上会给他打电话，两人谈天说地，学术的、生活的都能成为聊不完的谈资。

没过多久，施涟漪就保研成功了，来到天津。而吕良凭借自己的口才和文案策划能力应聘到一家正在崛起的游戏公司上班。他租下了三室一厅里的一间大卧房，打算改善一下居住条件。虽然仍然与陌生人生活在同一个屋檐下，但是终于有了自己独立的空间。吕良的工作和生活逐渐进入了正轨，他开始全身心投入到创作游戏当中。

那是初秋的一天，下午突然雷阵雨来袭，整个天幕暗了下来，吕良正在落地窗前方跟同事看着窗外极速变幻的弥漫乌云。突然间他接到了一通电话，是施涟漪打来的，他正想很惊喜地告诉她窗外的变化，她就说："我本来站在你们楼下，刚刚还是艳阳高照，这会儿突然间下雨了，我想等你下班给你惊喜，这会儿只好找个能避雨的地方了，北京的天气还真是很奇怪……"

吕良跑下去的时候看见施涟漪提着背包，站在门口瑟瑟发抖。秋天的北京还是有一丝凉意，更何况突然间大雨来袭淋湿了衣裳。吕良很心疼地拿过她的包包，带着她去了旁边的星巴克，亲昵地说："看你傻样，蛮可爱。"

施涟漪笑着说："谁傻了？"她笑得还是那么爽朗，纤尘不染的眼眸里都是他的倒影。

吕良看着涟漪，心里很知足，眼前这位大美女不乏追求者，新闻学院的校草、外语系的富二代以及帅气的篮球队队长都对她表白过，可她直接就给拒绝了。其实凭借施涟漪的长相、气质和才干，她完全可以找到一个帅气且富有的男朋友。但是涟漪不喜欢那样的生活，她也不会选择那样的生活，她只想选择吕良，她就是喜欢他的才华，他那无穷无尽的智慧让她着迷。

那天吕良匆匆下班，冲到咖啡馆，施涟漪已经坐在门边的沙发上睡着了。吕良很心疼地脱下外套轻轻为她盖上，在一旁抽出公文包里的书静静地坐着，一边翻看一边等待她醒来。他知道施涟漪平时赶论文和考试一直都很累。而保研成功后，她又想趁着毕业前一段空闲时间来陪伴吕良几天，她的温柔贴心让他很感动。涟漪醒来时看见吕良在身边看书，就缓缓问："等了多久？"

吕良说："没多久，走吧，回家！"

京城很大，尤其是夜晚灯火通明的时候，站在高层电梯处看见夜景就会觉得人如此渺小。吕良一瞬间紧紧拥抱住了涟漪，他在她耳边说："再大的世界有你懂我就够了。"他们拥抱在卧室中，他们第一次相拥而眠。

几天之后，吕良依依不舍地送走了施涟漪，心里像掏空了一样。他慢慢地走在北京深秋的路上，心中有一种特别寂寥的感觉。

中关村大大小小的游戏公司有很多家，吕良在他们的小公司里，从最初的文案写手变成了剧情总监。他跟同事一起通宵打游戏，一起讨论剧情的合理性，一起看在中关村裸奔的球迷……他常常通过游戏来思考人生。

## ♂ 三 ♀

吕良身边有一位同事叫小梁，是年仅24岁的富二代，不想接受家里安排的工作，想从事自己喜欢的事业，于是就进入了这种创业型小企业学习并且培养技能。小梁聪明好学，虽然是富二代但为人很谦虚谨慎，为了冲刺自己的游戏小王国，在与吕良共事的第三年就离开北京回到上海，开启了自己的创业之路。他从早忙到晚，一天忙碌16个小时，剩余的时间就是精疲力竭地睡去。从最初几个人的小公司变成了几十个人的游戏帝国，小梁感觉坐上了火箭，他整个精力都投入到事业中，女朋友拽着包包离开家门的时候，他还在进行视频会议。很多天都在办公室休息，有一天他突然病倒了，之后吕良就接到一通电话，是小梁的亲人打来的，邀请他参加小梁的葬礼。

活泼的小梁就这样躺在殡仪馆，年仅27岁。吕良看到的时候忍不住痛哭起来。回到北京后，他想了很多未来的事情，想了很多回忆的过往，想累了就呆呆地看着窗外的北京城。

那个春节，吕良没有回老家，他选择继续在工作台上，度过辞旧迎新的那一刻，整个北京城烟花亮起的时候，他冲到了楼顶看着夺目的璀璨和瞬间消散的烟花，他有一种难以言说的悲怆之感。这个城市载有太多回忆，太多青春的憧憬，一个男人胸怀无限的想像力和阅读世事变迁的能力，他总是一针见血地指出问题，也总是能够预测到很多将要发生的事情，这种格局、眼光和胸襟带来的，就是更大的责任感和压力。

超越小家的个人胸怀将会带他到更远的地方，他给施涟漪打电话，涟漪总会说起家里的小温暖和她最近喜好的花，她劝吕良要放轻松，关注眼前生活的点点滴滴，再宏大的叙事都是从眼前点滴入手的。但是吕良很难完全向施涟漪描述他心中承载的东西。

虽然这些都曾是他最吸引涟漪的地方，但现在的涟漪想要更加实际一点的温存，牵得到的手，看得到的人，能够面对面说出的话。吕良心中的疆域对涟漪来说是过去的传说，虽然这样的疆域在不断改变、不断涌现生机而且辉煌壮观，但涟漪要的是此刻平凡的幸福。

那个冬天，吕良带着失落和兴奋，产生了出去畅游祖国大江南北的愿望。他想去感受每一座城市，跟着中国版图慢慢走，慢慢感悟。无论用文字的形式、音乐的形式来呈现解读都可以。他漫步在兰州的寻常街道中，回忆起历史中关于兰州的片段，他坐在茶馆的时候听起掌柜讲述兰州的一个老段子。

"四合院子里总会遇见飞贼，几次过招后老爷觉得难以抵挡，一气之下用了最狠毒的独门暗器。那一次捉住飞贼，揭开面具的瞬间，他发现飞贼原来是自己嗜玩成性的独生子。"掌柜为各位看官倒茶的时候总结道："哎，凡事还是留有余地的好，您说是不是？"兰州的记忆中有很多这样充满民间智慧的故事。不同的城市，他总能找到不同的亮点，切中要害地描述那个城市，渐渐地，这些东西就像拼图一样，一块一块拼凑成了整个中国的印象。

吕良乐在其中，他就背着一个绿色的单肩包，穿着质朴的米色外套和牛仔裤穿梭在都市、城镇中的寻常巷陌间。人世间的苍凉、人世间的无奈、人世间的广阔、人世间的精彩……这些都在游历中慢慢体悟，世间广阔无垠，只看心的格局和界限。

施涟漪终于完成了学业上的一个任务。当她给吕良打电话的时候，却发现要么是信号不好声音总是断断续续，要么是吕良在赶车，要么是吕良好不容易找到住宿的地方已经很困倦了，两个人总是阴差阳错地错失最佳的交流机会。

涟漪心里犹豫了，学校有一个申请赴英的交换机会，导师问她要不要尝试，她担心两个人渐行渐远，她不知道该如何决定。

等吕良周游完黄河以北偏东的地区时，他拨通了涟漪的电话："涟漪，我想游历整个中国，想把每一个地方的风土人情都记录下来，这是一件非常有意思的事情……"他还没有说完就被涟漪打断了。

"吕良，本来很早就想跟你说，导师一直催促我申请英国的硕博项目，我拖延了很久，一直想跟你商量，但是前段时间都没有机会，后来时间很紧迫，我不想错过机会就申请了，没想到昨天通过了。"涟漪压低声音说。

吕良觉得事情来得太突然，而且木已成舟，他只好问："要去多久？"

"如果没有延期的话是三年。"涟漪怏怏地回答。

两人都沉默了很久，两边像隔了一堵空气墙，许久都不知道说什么，最后吕良说了一句："你去吧，追寻你自己的目标，我还在原地等你回来。"

涟漪应了一声然后挂断了电话，她也不知道自己在期待着什么，她返回寝室，趴在床上抱着枕头，她觉得吕良的回答让她有一点点失望，但是又不知道自己在期待着什么，或许是未来的规划，或许是一个强烈的挽留，或许只是一句"我爱你，别离开"。

涟漪的父母和吕良一起在机场为涟漪送行，涟漪抱着母亲哭了一阵，然后握了握吕良的手，背上背包就进入通道准备登机。

两人的异国恋正式拉开序幕。

## ♂四♀

涟漪走之后，吕良内心很愧疚，出国那么大一件事，他竟然都没有察觉到女朋友的困惑。那段时间他太醉心于如何能够完成一个宏大的梦想，来驱散小梁去世带来的失落，但是却因此忽略了最细微的情感维系。

涟漪落地英国，总会迫不及待地给吕良发照片，给吕良讲笑话。可是，吕良严重偏科而且从来不背英语单词，所以他很难理解涟漪讲的有关词汇的笑话，也很难理解涟漪偶尔窜出的英语单词。因此，两个人的沟通和理解产生了一些隔阂。涟漪误以为吕良太冷漠，便有些黯然伤心。

她多数时间只能一个人在图书馆里度过，欣赏墙壁上投影树叶的轮廓，欣赏户外天空中蓝色的纯净，欣赏庭院中成群小麻雀啄食米粒……她让自己充分融入到伦敦的自然变迁之中。这段恋爱一直都是她积极主动，吕良在配合，她不主动联系吕良，吕良就很少主动联系她。

涟漪在异国很孤单，因为同时期来的学生只有她一个中国女孩子，学业道路上的孤单她还能够忍受，但是生活上那种异地飘零的感受，让她倍感酸楚。

第二年，因为学校的安排，她要搬宿舍。那是一栋复古的宿舍楼，一共有五层，她被安排在顶楼，一个女孩子提着很重的包往五楼搬。第一趟、第二趟、第三趟都还好，第四趟的时候她实在提不住了，东西快往下掉的时候，她使劲拽到楼梯旁，有些难受地哭了。

因为其他女孩子都有男朋友帮忙，都不怎么费力。而她只能一边哭着一边用勒红的手继续拽着东西，好不容易都搬进去了，又要清理地板，安装简易衣柜，整理小物件，当她蹲在地上，使劲擦一块污渍却没办法擦掉的时候，她忍不住委屈地哭了。

她拿起手机，想给吕良打个电话，希望吕良可以安慰一下自己。可是，电话一直都打不通。

此时，吕良正在测试游戏，手机一直在桌子上震动，他看到了却没办法接，他全神贯注地沉浸在最后的测试中。当他酣畅淋漓打完游戏之后回拨电话时，已经是两个小时之后了，涟漪接起电话，用很低落的声音说："吕良，我们分手吧。"

吕良叹了口气说："为什么呢？我有什么地方没做好吗？"

涟漪说："我只是累了，一直以来都是我一个人在维持这段感情。你说走就走，游历完半个中国，害得我担心受怕。你每次电话不通的时候，我都在担心你是不是出事了。我紧张地筹备学业，整个过程中的压力都是我自己化解的。在这边孤单到落寞也都是我自己熬过来的。吕良，我看不到爱情中有两个人的模样，我们的爱情好像是我一个人的独角戏。"

吕良说："我在等你回来，我正在筹备一切……"

"你想过没有，现在的我或许不需要你胸中那些很宏大的东西，我只想要能够感受到的爱。你或许都没有发现，一起并肩走在路上的时候，你都不会下意识牵着我的手走。"涟漪有一些生气地说。

吕良想很快接上话茬，却发现不知道该如何说。两人之间的矛盾由来已久，连挽留的话都说不出口。在吕良漫长的沉默中，涟漪哭着挂了电话。


很长时间他们都没有再联系，吕良因为长期面对电脑，抵抗力减弱，又不注意饮食规律，生了病，需要到医院开刀治疗。

吕良一个人在手术室外面拨通了涟漪的电话，涟漪问："还好吗？"

吕良说："还好，就是想问问你的近况。"

涟漪笑着说："还是老样子，图书馆、寝室、导师办公室，我快回国了，因为科研项目提前一年完成，提前获得博士学位……"

电话这边隐约听到医生在叫："手术时间到了……来……进行准备……"

吕良赶紧说："蛮好，替你开心，我这边有点事，晚一些我跟你联系……"

涟漪仿佛听到了什么，她追问"你……怎么了"的时候，电话已经挂断了。

涟漪有些担心又继续拨了一通电话，但是已经无人应答了。

手术结束后，吕良被推进病房，等他麻醉醒来已经大半天过去了。他拿起手机看见上面涟漪的未接来电，他很兴奋地拨过去，电话通了，涟漪赶快问："你怎么了？"

吕良说："没什么，就是阑尾炎手术而已，无大碍。"吕良隐瞒了病情。

涟漪说："一场虚惊，电话里听到'手术'两个字，我都吓坏了。"

"幸好你还在意我。"吕良深情地说，停顿片刻后他继续说，"你说要回来了，是什么时候？"

"8月底，我想多呆一阵再感受一下这边的生活，然后再回去。"涟漪静静地说。

吕良内心很雀跃，但还是平静地说："到时候我去接你。"

## ♂五♀

情人之间的分手多是因为两个人情绪到达崩溃的边缘，彼此拔出伤害对方的匕首，刺伤对方，受伤之后回到自己的领地疗伤止痛。拔出匕首的那一瞬间如果还有爱，就会在康复之后再联系对方；如果只剩下恨就会坠入深深的黑暗中。幸好，两个人在关键时刻都保持了沉默，克制住自己没有说出让彼此都后悔的话，才让这一切平稳过渡，安然无恙。

涟漪坐着洲际列车环游欧洲，感受不同的风土人情，她把周游的照片发给吕良，吕良除了替她开心之外，自己内心的责任又多了一份。他想为她规划一个能牵着手一起走的未来。

涟漪回国后，她问吕良要不要一起回家探望她的父母。吕良思忖良久，涟漪已经学成归来，而自己要用什么向涟漪的父母证明他可以照顾涟漪呢？他怀着忐忑的心，答应了涟漪的邀请。他想，先见个面了解一下也好。

他们坐着火车来到涟漪的老家，没想到这一趟旅程改变了吕良未来的方向。风光秀美的南方村庄，古朴宁静，穿过村口平坦的小路就看到了她的家。涟漪的父母起身迎接归家的女儿，等所有人站定后，涟漪才开始介绍吕良，母亲很开心地看着吕良，但是父亲什么话也没说。

阳光暖着那些碎花纹路的沙发坐垫，正前方是电视机和电视柜，人们环绕而坐。吕良和涟漪端坐在一边，母亲和婶子牵着手坐一边，父亲单独坐一边。严肃的父亲开口就问："他在哪里工作？"

涟漪说："他是我大学的学长，毕业后就去了北京，现在在中关村一家游戏公司任游戏创意总监。"

涟漪的父亲没有和颜悦色，直接就说："游戏有什么出息？每天就是玩。"

吕良试图缓和一下，他就解释道："叔叔，游戏行业不像以往了，现在娱乐时代游戏和电影一样也是个大产业，有很多创意的成分，公司薪水也很稳定。"

涟漪的父亲提高嗓音说："涟漪是我们好不容易培养出来的人

才，是这个村子里第一个博士，怎么能嫁一个玩游戏的？小伙子不要玩那些没出息的事情，找点正经事情干。"

吕良这才意识到涟漪的父亲观念中的那些传统的想法。他没有拿到学业证书，也一直没有走正统的道路。他的成绩在长辈的眼中是雕虫小技的游戏，他"不正经"的工作成为涟漪父亲心里的坎。他刚想说什么，涟漪忙说："爸，吕良在他的领域很杰出，你不懂现在互联网时代的发展，就不要乱掺和。"

吕良赶紧按住着急的涟漪，然后说："叔叔，行业是谋生的技能，我能靠这个养活并且养好涟漪，让她能够安心从事学术研究。"

涟漪的父亲见他还是没有转行的想法，有些生气地说："我不相信玩游戏的能做什么事！你连房子都买不起，怎么养她？你毕业8年多了吧？你手上有什么可以给她幸福？啊？你想想？"

吕良有些生气，他站起来说："那我就做给叔叔看，如何用游戏来给她幸福！"说完吕良就朝门口走去。

涟漪的父亲也站起来，指着门口说："好，你如果没有那个能力，就不要踏我家的门！"

涟漪急了，说："爸，你怎么这样？"

"你胳膊肘往外拐，他怎么养得好你啊？"涟漪的父亲也急了。

吕良执意要走，回头还说了一句："我能给她幸福！"然后跨出门槛往外大步流星地走了。

涟漪追了出来，边跑边喊："吕良，你给我站住！"

涟漪一边喘气一边说："你怎么就跑了呢？慢慢说我爸才会心软，他不能硬着来。"

吕良看着涟漪说："或许你没意识到，我们之间有差异。虽然在你心中觉得没有关系，但是我在意，我想要让你幸福，就必须让你身边最亲密的人同样感受到幸福，再浪漫的爱情最后都要回归柴米油盐。你先回去陪伴你爸妈，我去做我该做的，到时候才能让你欢欢喜喜嫁给我。"

涟漪说："我都愿意嫁了，你们两个男人斗什么气？"

吕良笑了说："我都没求婚，你自己答应了……"

涟漪说："这时候就别再添乱了。"

"你快回去吧，陪伴你爸妈重要，我正好去处理事情，放心，我心态很好！"其实这也是吕良料想到的结果。他们之间存在的差异是不可否认的。但是涟漪父亲说的话，还是让贫寒出身的吕良有一些阵痛，"你连房子都买不起，怎么养她？"这句话总在脑海里回荡。

涟漪见吕良执意要走，只好作罢。

回来的路上，吕良内心一直翻腾着，他想起富二代小梁为了自己的理想仍然奋斗不息，虽然结果让吕良嘘唏，但也不枉此生。他从来没有如此明晰的目标，想为生存资源奋斗一次，为挣钱奋斗一次，为能够走进涟漪的家门奋斗一次。

吕良回到北京就辞职了，然后跟一个合伙人到深圳开始了创业。最初他们挤在商业楼里，一切从零开始。凭借自己出类拔萃的文笔和眼光，吕良将自己的身价翻了几十倍，最初他们身上一共只剩下现金5000元，经过奋斗，他们的公司获得了风险投资，两年内市值翻了几百倍。吕良顺利在深圳买了一套住宅和一辆车。涟漪的父亲在财经新闻中看见了吕良，大为高兴，说："这小伙离开的时候，眼睛里硬铮铮满是不服气！还是女儿有眼光。"

## ♂六♀

涟漪来看婚礼的时候，吕良在外地钓鱼，吕良的事业已经进入稳步发展期，他不喜欢围着办公桌坐着，他唯一的爱好就是钓鱼，涟漪说："他为这点爱好花费了很多精力，不同地方的鱼饵不一样他都知道得清清楚楚。他做什么都是以自己的兴趣来完成的。我记得最有意思的是，他竟然写了一个武侠路径图，可以容纳世界上所有武侠小说、武侠游戏的角色和情节的纲目，这只是他创业期间的一个闲暇的创作。所以，他真的很有才华。"说起吕良，涟漪的眼神中总是闪耀着光亮。

涟漪正和我们聊着，突然接到了吕良的电话，然后涟漪对着我们说："他想在电话里跟你们说几句。"

电话那端传来海浪拍岸的声音，吕良提高了声音说："我想给她一场面朝大海的婚礼，大江南北游历过之后，我想让她跟我一起感受海的呼吸。十分感谢你们的协助，请帮我完成这个心愿。谢谢！"

应他们的要求，考虑到他们家人飞行住宿的便利性，我们在三亚为他们安排了一场晚宴。我们看见吕良和涟漪在海边卷起裤脚嬉戏的样子，由衷地为他们开心。

内心的契合在这个时代是一种难能可贵的能力，你能读懂他的世界，他能承受你的变化，时光在变，经历在变，唯独不变的是两个人的内心。晚霞投影在水中，半个落日晕染了海面，海浪声中，他们对彼此诉说着誓词。

吕良深情地牵着涟漪的手说："愿能长久的，终接近永恒；可拥有的，都不会只在记忆中追认；只在河流一方，而非两岸，打水，做饭，浇花，垂钓。你愿意嫁给我吗？"

涟漪娴静地笑了："是你，我才愿意。"

两人此刻的眼中只有彼此，鼻息之间没有缝隙，他们在海边轻轻拥吻了，在亲人的掌声中，在朋友的祝福中，期待着永恒。晚宴快要结束的时候，我们为这对新人安排了在海边放烟火，盛大的烟火布满天空，每一次的绽放都带来天空绚丽的火花，他们相拥而立，在人群欢呼中，他们静静地看着彼此。

我拿起餐盘中特制的迎宾卡片，朴素的米色卡纸上写着吕良的誓词："愿能长久的，终接近永恒；可拥有的，都不会只在记忆中追认；只在河流一方，而非两岸，打水，做饭，浇花，垂钓。"

**也许，他们的爱情正是这个时代才能有的起伏和圆满，可以用智识改变命运和爱情，如果换成其他时代，可能就难以有这样的际遇。再多的繁华终究只是两人爱情的背景，最终都会回归打水、做饭、浇花、垂钓、相守一岸的生活中，朴素无华却深情永恒。**

成功或许不是必要的，但是，两个人柏拉图精神之恋的维系也需要物质基础。跨越世俗的眼光，她珍惜他所拥有的。正是这样一份信任让他们支撑着一直走下去。有过迷茫，有过孤寂，有过分离，有过牵挂，这些刚刚好，构成两人宁静爱情的成分，在时间沉淀中发酵酝酿，成为心底流淌的甜蜜，任世事沧桑、时光风蚀都改变不了的永恒。愿能长久的，终接近永恒。

# { 10 }
## 爱让两人变成一个整体，而非两个人

　　成年人的世界往往很自我，保持相对的疏离状态可以很好地保护自己，同时又可以享受与人交往的乐趣。最舒适、最安全的城市生存法则便是独来独往，独自饮酒，独自品味。城市中的孤男寡女无论在夜晚，还是在白天，都驰骋在自己的领域。可一旦爱情来袭，那个独立的自我被毫无防备地侵袭，再融合成两个人的整体。

♂ — ♀

　　艾德琳在遇见爱情之前，是一个很自我的人。高挑的巴西女孩，是城市中雷厉风行的女记者，混血基因让她身材火辣且面容娇俏，一个孤傲的马尾让她所向披靡地在城市中孤独行走。她热爱一切探险活动，丛林探险、观星露营、古迹旅行等，除了频繁出现在新闻现场之外，她的休息时间从来不让自己停下来。

在同一座城市中，一家医院的手术室中有一位名叫关海峰的医生，每天都在固定的时间段抢救生命。额头上豆大的汗珠，手中娴熟运用的器械，高速运转的大脑……如履薄冰，步步谨慎。每一次从手术室出来都像完成了一次争分夺秒的战役。关海峰的世界里除了手术一无所有，在遇见爱情之前，他也是一个非常享受自我的人。

这两个人从来没有想过有一天会这样失去自我，从来没有想过会有另外一个人能够完全占据自己的心，从来没有想过有一天会在悬崖峭壁上，在壮阔海天风景中完成今生最重要的仪式。

关海峰牵着外籍妻子艾德琳来到店里的时候，所有人都用羡慕的眼光看着他们，这是登对的时髦夫妻。关海峰高高瘦瘦，潇洒倜傥，艾德琳浓密大卷发妩媚十足。

他们坐下来之后，关海峰最先说："我们想要一场在悬崖边的婚礼。"

"你们这个要求很独特，可否稍微了解一下，为什么选择悬崖边？"

"我太太是新闻记者，她是一个特别有冒险精神的人，曾经我们都觉得自己会孤单一辈子，没想到爱情扑面而来，我们拥抱了另一个个体。我们想在悬崖上，在海浪冲击崖边、风特别大的环境下，许下我们的誓言，然后紧紧拥抱。"他看着艾德琳笑了。

"这是你们脑海中婚礼的完美景象，我们会尽量达成你们的愿望。婚礼中想呈现的情感是爱情让两个人融为一体？"

"是的，你没想过会那么惦记一个人，甚至她跟你想像的完全不一样，但就是如此被吸引。相爱结束了我们过于自我的生活，我第一次遇见她的时候，是在云南……"关海峰开始回忆起两人的经历。

关海峰是医院里很有名的医生，他曾经为了帮助国家提升医疗水平，配合国家边境战略，义务支援边境医院。那一年，关海峰义务支援云南西双版纳边境的医院。一天，一名警察小跑过来大叫："关医生，不好了，一个女记者被盗猎者打伤了，你快去医院！"

"走！快去看看！"说着关海峰随着警察一路跑到医院急症室。

进去之后，他发现一个漂亮的外籍女记者躺在病床上，肩部有枪伤，鲜血直流，强忍着痛楚一句话也没有说，一直咬着嘴唇。

她身边的男同事满头大汗，焦虑烦躁："我叫她不要跟着，她不相信……幸好我闪得快，但是她没有避开……"

"我会好好处理的！"关海峰冷静地说。

这是关海峰第一次见到艾德琳。艾德琳是一位外籍女记者，她非常勇敢地去追踪盗猎者，让关海峰对她的敬意油然而生。从手术室出来后，他没有立即休息，而是很认真地嘱咐护士照看艾德琳。

他跟艾德琳的同事说："手术很成功，醒来后注意她伤口别发炎就好！"

"感谢医生，这次幸好有你，她每次都是这样从来不顾危险……"

关海峰拍拍他的肩膀说："小心照顾她。"然后转身走开了。

他刚想换完衣服离开医院，但转念又去了艾德琳的病房。病房里没有其他人，艾德琳躺在病床上，日光倾泻而下，他看着她额头卷起的发丝、白皙的肤色、娇小的脸庞、卷曲上扬的睫毛，他觉得那个画面很美，就用手机拍了下来，然后静静地走出了病房。

"这就是我们两人的相遇，当时我只留了一张她美丽侧脸的照片，存在手机里。我既不知道她的姓名，也不知道她住在哪儿，只记得她的眼睛、脸庞和职业。"关海峰身体向后，靠在沙发上，调整成很舒适的样子，然后看着艾德琳。

"我醒来的时候，发现肩膀隐隐作痛，同事在旁边睡着了。他说医生已经走了，我很快就可以出院了。那一次很遗憾没有主治医生，但后来遇到了他，觉得太奇妙了！"说着艾德琳开心地笑了起来。

关海峰继续说："其实，我想在婚礼中表达一种想法，两个自我的个体被爱紧紧系在一起，生命的大风大浪扑面而来的时候，你很想紧紧拥抱她，有了爱才彻底拥有了彼此，不会畏惧，不会害怕。"

"我觉得自我独立着挺好，而且两个人在一起也应该有独处的空间，这不正是一种成年人相处的方式吗？您这样说，我其实蛮疑惑。"我插了一句。

"我这样说你就能体会到，当一个人生活的时候，可以自私地爱或者不爱，痛了就不爱，害怕就跑，随时有权利叫停，这是权利也是一种保障。两个人相处的时候你只能爱，你有一半已经是她，没办法停，只能更加勇敢。"关海峰说完这句话的时候，眼神中透露着坚定的神情。

关海峰继续讲起来："艾德琳对我来说很特别，所以我想给她一场特别的婚礼。从云南回到北京后，我继续往常的生活……"

♂二♀

医院的工作压力很大，关海峰时常连续工作到彻底疲倦。他的生活里有不同的交际圈子，在纸醉金迷的豪车俱乐部里，在几个好哥们一起喝酒唱歌的聚会里……这么大一个城市里，关海峰却总是找不到可以坐在身边聊聊天，在夜晚的时候听他讲一讲内心苦闷的人。哪怕是两个人不说话，彼此都能了解。可是，成年人太容易孤单，自我的人容易孤单。

关海峰有过几任女朋友，只是越是对生活挑剔的人，对情感的心灵契合度要求就越高。要么是女朋友嫌他没时间陪伴而分手，要么是他觉得不合适而分手。他继续过着很自我的生活，不知道什么时候是个头。

艾德琳从云南回到北京后，除了每天不定时采访、写稿之外"乏善可陈"。每天定时起床，掐着时间点出门，正好那个点在路边买一个煎饼果子，正好那个点赶上地铁，正好那个点指纹打卡……她也会穿着性感的衣服，化上适当的浓妆到摇滚俱乐部玩乐一整晚；她也会在空闲的时候穿梭在繁华的商业街，不停进出喜欢的衣服品牌店，然后大包、小包提上出租车。欲望很狡猾，当满足的时候，它要么缥缈散去让你索然无味，要么更加妩媚扼住你索取。每次释放完欲望，她都会去附近一家新开的书吧，人不是很多，每一次都有一个衣冠楚楚的男人，坐在角落的同一个位置看书。

那个周六的夜晚，艾德琳刚刚从办公楼乏味的环境中逃离出来，她想去书吧安静地坐一会儿。关海峰正坐在书吧的角落里看着《情人》，艾德琳静静地走进去，找了一本讲述旅行的书籍坐在门口附近的软座上看起来，温暖的书吧环境让她犯困，不一会儿就睡着了。等她被服务生叫醒的时候，书店即将打烊了。

她收拾妥当起身准备乘电梯回家，关海峰跟艾德琳进入了同一部电梯。由于最后离开书吧的客人特别多，所以都拥挤在这一部电梯里。关海峰被推到了艾德琳面前，两人面对面站着，关海峰赶紧说："不好意思，太拥挤了！"艾德琳看着他，点了点头。两人面对面站着稍微有些尴尬，后来关海峰注意到她的侧脸，他想起手机里的照片，他试探性地问艾德琳："你是记者吗？"

艾德琳有些惊讶："是的，你怎么知道？"

"你去过云南吗？"

"是的，很惊险的一次经历，你会占卜吗？！"艾德琳有些喜出望外，以为发现了一位很厉害的占卜专家。

电梯门开了，他们出了电梯，关海峰整理好衣服，然后用手模拟枪的样子指着艾德琳的肩膀说："砰，你肩膀的子弹是我取出来的。"

艾德琳用手捂住嘴，难以置信的表情，然后惊喜地说："Oh,My God!"

关海峰对着她点点头："很神奇，我没想过还会再见到你……你好，我叫关海峰。"说着他拿出手机，翻开艾德琳的侧脸照片让她看。

"我叫艾德琳，这是我吗？"

"是的，你动完手术后躺在病床上还没有苏醒，当时画面很美，我就拍了。"

"谢谢，没想到你还记得我！"艾德琳脸上泛起红晕。

"你让我印象很深刻，那么勇敢，居然敢追踪偷猎人，他们大象都能杀，何况是你。"

"可能我天生就不……安分，安分？"她一边笑着一边跟他并肩走着。

两人非常开心地聊了起来，走到一个红绿灯路口，关海峰的家往左边走不过500米远，艾德琳的家离右边很近，他们这才惊讶地发现，俩人一直住在同一个片区却从来没有遇见过。两人相互留下联系方式，各自回家了。

命运就是那么奇妙，注定相遇的两个人总会在合适的时间相遇，那个时间就是他们说的不早不晚。

艾德琳回到家后，一边换睡衣一边听桑巴，趴在床上时不时滑动手机，看看是否有未读消息。关海峰回到家，换好衣服，坐在窗边的沙发上，倒了一杯威士忌，点了一支雪茄抽了两口，放在烟灰缸上，看着青烟徐徐上升，拿出手机静静看着那张照片。

周日的早晨，关海峰醒来就给艾德琳发了一条信息："早，今天有什么打算？"

艾德琳已经醒了，但是一直赖在床上看朋友圈，收到关海峰的信息她非常高兴，从床上差点跳了起来，她回复："hi，今天没打算，你呢？"

"不妨一起游玩，我朋友新开了一家私房菜在国子监附近，不知道你是否有兴趣下午时分去看银杏树叶，然后再去私房菜吃个晚饭？"

"正好我早上赶完稿子，下午有空，谢谢邀请，一定赴约。"

关海峰的信息显得淡定稳重，但是看到艾德琳同意的回复，他还是小小雀跃了一下，哼起小调开始刮胡子。

人的快乐源头有很多，这种邀约轻松自然，让两个意外结缘的人有了好好抒怀的机会，确实是一件让人很雀跃的事情。关海峰和艾德琳都很认真地准备着这次相聚。

　　艾德琳站在路口收到关海峰的信息："我马上就到，稍等片刻。"然后眼看着一辆黑色别克停在面前，摇下车窗，关海峰正深情地看着她。艾德琳拉开车门坐进去，化了淡妆的艾德琳看起来更加活泼靓丽，玫红珠光口红让人显得神采奕奕，有一阵Miss Dior淡雅清新之味从卷发中飘散出来。关海峰美妙在心，对她说："系好安全带，我们出发！"

　　一路上，两个人从云南西双版纳的竹筒饭聊到北京冬天下雪后的冰糖葫芦，从三里屯的特色酒吧聊到杭州西湖的沈园，从荣宝斋聊到卢浮宫……

　　"就是因为我天南地北地游走，不喜欢一成不变的生活，才让我的男友受不了。后来我发现自我一些会让生活更舒适，更独立，更自我。"艾德林坐在车里很坦率说。

　　"北京的秋天只有这条银杏叶街道阳光正好！你快看窗外！"艾德琳指着窗外兴奋叫起来，然后趴在窗子上，像一个热情的小孩。

　　秋天的太阳很明媚，两人在黄灿灿的银杏叶街道中慢行，她时而跳跃，时而娴静，关海峰的目光一直跟着她，翩翩飞舞的金色叶子就像一个背景，在记忆中那是一个通透明亮的下午，加上艾德琳唇边灿烂的微笑，关海峰爽朗愉悦。他闷在心中的情绪仿佛都释放完毕了，心里只存下那秋高气爽的好天气和她明媚的笑。

　　艾德琳捂着肚子学咕咕叫，开心地说着："我肚子饿了，能带我去吃饭了吗？"

他们驱车前往私房菜，聊起吃和旅行，他们滔滔不绝，两人甚至没有空白沉默的时间，就像很久没见到的老朋友，相互分享。

吃完晚餐，关海峰把艾德琳送到楼下的时候，已经接近12点。关海峰看见她嘴角还粘了一点点番茄酱，他笑着指了指，艾德琳立刻反应过来，用手指轻轻擦了擦，然后用舌头迅速地舔了一下，然后笑着说："哈哈，我总是这样，见谅！"

虽然这是他们的第一次约会，关海峰却有些难以自抑，他轻轻亲吻了艾德琳。嘴唇轻触的时候，艾德琳很明显像小鸟被惊吓一样颤抖了一下，关海峰索性把她揽在怀里忘情地吻了起来。甜蜜的吻让艾德琳有些飘飘然的晕眩感，从上一任男友搬出公寓后，她很久都没有这种兴奋的感觉了。


## ♂ 三 ♀


艾德琳牵着他一路往公寓电梯里跑，两人在电梯中相互看了对方一眼，然后朝向两边笑了，他们牵着手，内心有翻腾的感觉，心跳越来越快。听着电梯叮咚的声音，艾德琳拉着关海峰往自己的家走。打开门的一瞬间，都没有来得及开灯。在黑暗中，关海峰的呼吸让艾德琳迷醉，两人忘情地拥吻抚摸，在松软的沙发上，艾德琳一次一次感受到关海峰的澎湃激情……当两人疲倦地赤裸在沙发上的时候，艾德琳咬了咬关海峰的耳朵，然后靠着他睡着了。艾德琳半夜里醒来的时候，发现房间里只有自己一个人，她伸了伸懒腰，用枕头遮住脸咯咯笑了，然后继续入睡。

第二天没有关海峰的消息，第三天也没有，第四天也没有。两个成年人很淡然地面对这一切，随性而安，不去过多地强求什么。

周五的晚上，关海峰给艾德琳打了电话。他想约艾德琳，但是奈何艾德琳在家赶稿子不能出来，所以他就像一个18岁的少年奔跑着上楼了。艾德琳穿着米色丝绸睡衣凌乱着头发，左手夹着半支烟为他开门。

其实，关海峰对女人吸烟很反感，但他这一次从烟味中捉住到了自己喜欢的女人香。他尾随着艾德琳进了房间，从后面抱着她，艾德琳笑着说："海峰，等等，我还在赶稿子，你随意吧。"说完把烟头熄灭，然后继续专注于电脑。

关海峰有几次询问艾德琳饿不饿，都被她冷漠地拒绝了。他有一些生气，也有一些失望。最后，他悄悄地从艾德琳的家中溜了出来。他也不清楚为什么自己会失望，明明是两个成年人，独立而自我的成年人，为何要被另一个人的态度左右？他想不明白。

他在附近的商城吃完东西就回家了，他索性不去想她，舒舒服服洗完澡后安逸地躺在床上看电影。直到第二天醒来才发现手机里有艾德琳半夜三点发来的消息："sorry，刚刚赶完，good night！"他不忍发什么，怕惊扰到正在补觉的艾德琳。

往后的日子里，两个人偶尔一起吃饭，一起逛街，但依然保持着独立的工作和生活。谁也不过分涉入彼此的生活中。关海峰觉得这就叫作"成熟的自我"——两人的关系中没有什么感情牵绊、占有、琐碎……

"当时我觉得，那就是很成熟的两性关系，冷静理性可控，一切刚刚好。但是后来我才明白爱哪里可以用什么理智、可控来讲述，爱起来了，根本没有纯粹的理智，多少都伴随着占有、欲望和混乱的感性。直到后来我才明白，爱是什么，为什么爱能让人不那么自我。"关海峰回忆起来时，嘴角上扬。

有一天下班后，关海峰想去找艾德琳。但是，却看见街道那边，艾德琳跟一位男士站着，他起初没太在意，以为是艾德琳的朋友或是同事。可后来那位男士把手放在艾德琳的肩膀，他看见艾德琳哭了，然后那位男士试图去拥抱她。关海峰再也看不下去了，大步流星地跨过马路，拉开那位男士就狠狠地打了他一拳。艾德琳惊叫了起来："God，峰，你在干什么？他是我的哥哥，我们在商量爸爸入院治疗的事。你为什么打他？"

关海峰瞬间愣住了，他完全没想到那一刻他竟然这么冲动，完全没有了平日的冷静与理智。他赶快解释道："实在抱歉，我以为他是欺负你的男生。"

艾德琳摇摇头说："你快吓死我了。哥哥，你没事吧？"

"没事，他是你男朋友？"艾德琳的哥哥揉揉嘴角说。

"不是，是一位朋友。"

"他很关心你，拳法也不错。"

"实在抱歉，没弄清楚情况就打你了。"关海峰像是一个犯了错误的少年，垂头丧气地道歉。

艾德琳的哥哥笑了："没关系，你有保护她的心很好。我先走了，电话联系。"

哥哥走后，艾德琳看着关海峰："hey，你没事吧？"

关海峰回避艾德琳的眼神说："没事，只是一瞬间居然失去了理智。"

他看着艾德琳上楼之后，才意识到，也许自己不仅仅只是单纯地喜欢艾德琳，还有一种自发的想要保护她的冲动。那一瞬间，他觉得艾德琳是自己的，别人不能碰。男人的爱会伴随着占有欲如期而至，那一瞬间是没有冷静可言的。

在这种心情中，他才真正懂得，爱也可以很自我是个伪命题。爱上了就会想要分享，想要陪伴，想要随时都在她身边。伴随着爱衍生的各种想念不断、猜测不断、完全占有……都毫不留情地让爱情中的理性让路。

艾德琳却在此刻接到工作调令，派她到德国工作半年。当艾德琳把这个消息告诉关海峰的时候，他心里异常失落。

## ♂ 四 ♀

"那阵子她走了，我的心里特别空。虽然她还是会给我打电话说她的境况，但是我总想知道得更多。我终于知道，当你想从这个人身上得到快乐的时候，你还是可以独自生活的。但当你把这个人放在心里的时候，她好不好、开不开心，你就会开始挂念了，心上多了一个人，无论她在哪里，都不孤单。"关海峰很深情地讲起他的爱情哲学。

"那后来呢？她去德国了，你就一直在电话这端等待吗？"我好奇地问。

"静静等候肯定不行，在她离开的第三个月，我终于忍不住了，买了戒指，买了机票就直奔德国。那会儿正好遇见下雪，但是我心里却跟火山一样。"

"可是，那会儿艾德琳还没承认你是她男朋友，关先生就敢求婚吗？"

"她嘴巴上没说过，心里却是承认的。当时我在德国求婚的时候，是真正确定了自己心意和她的心意才决定的。"

"其实峰来之前，我很习惯之前的相处方式，每天心里都会多一点惦念。后来，我发现了他的心态变化，然后被感动了。"艾德琳说。

"我上飞机前非常紧张，在飞机上想了好几遍说的话，但每次都乱了头绪。后来我选择好好地睡上一觉，然后写在纸上。"关海峰笑了笑说。

"他来到德国的第二天早晨，我刚刚想起床整理新闻，他拉住我的衣角让我多穿点别着凉。说这句话的时候他闭着眼睛，那一刻我才发觉，付出爱让他变得成熟了，所以后来他在一起漫步的雪地中求婚的时候，我才愿意。"艾德琳说完回头很温柔地看着关海峰。

关海峰笑了："也是那些细节让我意识到，我爱你，因为相爱，你住进了我的心里，爱成就了我们。"

独立自我是这个城市单身男女最习以为常的态度。我们总以为成熟的样子就是独立自我。但真正相爱了，就再也难找到自我。当你想从一个人身上找寻快乐时，可以随时离去。但当你想为一个人无私付出时，便有了无形的牵挂，再也没办法形单影只。

　　这场婚礼选在一个能够听到海浪震撼内心的地方，让两个不再那么自我的人学会拥抱，学会在风浪中听到对方为自己加速的心跳。

　　婚礼在莫赫悬崖上举行，整个婚礼没有任何装饰，没有任何繁琐的仪式，只有一对新人，少量亲人和工作人员见证了这场婚礼。

　　关海峰第一次看见艾德琳穿婚纱的样子，激动得一句话也说不出来了，抱起艾德琳就坐上了前往悬崖的车。

　　他们没有证婚人，没有牧师，关海峰与艾德琳面对面站着，关海峰牵起艾德琳的双手，他深吸一口气说："我们能站在这里是我期盼已久的事。我之前一直觉得自己是独立行走在城市中的人，那些欲望从来没有喂饱我工作之外的空虚。遇见你之后，我才懂得，有一个人在心上，会很安全，懂得了付出，懂得了不那么自我保护，懂得了不自私，懂得了奋不顾身，懂得了勇往直前……那些所有害怕失去你的原因都成为义无反顾爱你的理由。你愿意嫁给我吗？"说完，关海峰单膝下跪等待着生命中重要的答复。

"从你救我开始，或许我们就已经连在一起。我喜欢你为我做的事，喜欢你的耐心，也喜欢你的暴躁；我喜欢你的冷静，也喜欢你的疯狂；我喜欢你大男人的样子，也喜欢你怯懦如孩子的瞬间。我只喜欢你。我一直觉得跟人保持适当的距离是对自己的一种保护，但直到遇见你，我才懂得亲密无间是那么幸福和踏实，所以我愿意嫁给你，关海峰！"话音还未落，她就猝不及防地被关海峰吻住了。

蔚蓝的天空、壮阔的大西洋、耳边不绝如缕的风声、波涛汹涌的海浪声，都让人感受到震撼。站在这里，我能真正体会到命运来袭时，不由自主地发自内心的震撼。不要总以为自己可以刀枪不入、百毒不侵地行走在城市中，也不要以为生命真的会平凡到乏味。你不知道哪一天某一个人走进来，打破你的规则，颠覆你的想像，破坏你站立大地的平稳，让你如同被掀起来一样在风中旋转，不知道该如何是好，不知所措到慌乱。

任何一个人出现在你的生命里，都是一种提醒、一种生命的暗示、一种让你成为自己的颠覆。

# { 11 }
## 要想拥有，必先懂失去怎么接受

你相信"缘分"二字吗？很多年前，有一个很漂亮的学姐嫁得很出色，她传授幸福心得的时候说："缘分，那是骗人的，我的爱情来源于无数次的约会。在约会的过程中，我发现了优质的人选然后再进攻。爱情要努力争取，要勇敢奋斗，要盯准时机。"当时听了她的幸福心得，我总有一种风投时看准潜力股然后再投资的意味。但是，我总觉得爱情是没办法那么功利的，爱情最微妙的地方就是那些不可言说的缘分。

千里姻缘一线牵，你怎么会遇见他，怎么会碰巧那个时候爱上他，怎么会不早不晚就接受他的所有……这一切都是爱情的奇妙，没有什么可以解释，只能用两个飘浮在空中的字来概括，"缘分"，的确妙不可言。

也许十年能够忘记一个人，二十年可以完全不再想起一个人。但是，当二十年后命运再一次让你们有交集，让你们有爱的碰撞，让你们有熟悉的回忆，你会不会选择抵抗？

这件事真实地发生在他们身上，他们没有选择抵抗，他们选择相信，选择再重新出发，他们让我相信缘分确实存在。

♂ — ♀

程云诺挽着盛正宇走进来的时候，我完全没有意识到接下来会听到他们背后那个奇妙的爱情故事，兜兜转转二十年后是否还能再携手初恋的人？他们做到了。

程云诺，人如其名温柔且有韧性，身着米色外套，里面是素雅的白色衬衫和灰色西裤，头发稍微松松地扎着马尾，看起来知性温和。盛正宇穿着黑色的外衣，里面是商务西装，从手表到皮鞋都传递着贵气，眉宇之间透着英气。两人不是青春正当时，他们是一对四十岁稳重矜持的情侣。

坐下来之后，程云诺先开口了："我们想看看婚礼。"

"当然可以，想要一场怎样的婚礼？"

"我想要一场安静的婚礼。"她微微一笑。

"多数人都想要热闹的婚礼，婚礼过程中有喜悦、泪水、话语、音乐，很难保证安静。这个要求难倒我了。"

"其实很简单，他会弹奏一首《富士山下》的钢琴曲，那个时刻我只想专注地聆听自己的心跳和他的旋律，把两个人的记忆在心中默默放一遍。"说完程云诺看着盛正宇，盛正宇握起她的手，两人对视着笑了。

那首歌，每一句都充满着哀伤，不知道这对新人为什么会选择这首悲伤的音乐。我有些疑惑。程小姐好像知会了，她接着说："有些歌，虽然悲伤，但对我们有很重要的意义。"

多数有阅历的新娘在讲述婚礼要求的时候都会很淡然，但是程小姐眼睛中还可以捕捉到一些少女的悸动。畅想婚礼的时候，她渐入佳境。她说："我想要白色基调的婚礼，干净、素雅、洁净。想要通透的路，他可以朝着我慢慢走过来。还想要白色玫瑰，不需要特别绚烂的花卉，只要温馨洁净的色彩搭配。我们山丘上栽种的白色玫瑰很适合……至于婚礼的流程……"

我见她突然停顿了，就想为她提供一些参考："婚礼的主题和流程都会从你们的感情故事中提炼，这样的婚礼可以成为只属于你们自己的爱情印记。"

"其实，我们完全没有想到，最后还能有幸走到一起。十年的时间，能够忘记一个人，二十年的时间，可以完全不再想起一个人，但是二十年后，命运又让我们兜兜转转地相遇牵手了。那一年……"

程云诺开始讲起这段命运眷顾的爱情。

♂ 二 ♀

每个人的16岁都是纯白的美好时光，如果遇到心动的人，便像是在白纸上画一笔，美丽而深刻。那时候天总是很蓝，学校里的树总是很绿，走廊里的笑声总是很爽朗。16岁花季的她，轻轻地从身边走过，留下一阵芳香。盛正宇留意起隔壁班的这个女孩。

新学年开学之际，盛正宇跟隔壁班上几个混得比较熟悉的男孩站在走廊聊天，突然感觉肩膀被重重地拍了一下。他下意识地转头，看见一个蘑菇头的小女孩对着他们几个高大的男生说："不要在这里嘻嘻哈哈的，跟我去老师办公室搬新课本！"

盛正宇愣住了，其中一个俏皮的男生说："班长大人又发话了，喳，小的们走。"

程云诺转眼瞪了他一下："好好说话，这是为大家办事，又不是为我。"

那个男生拍了拍盛正宇，小声地说："喂，你回你们班去，不用听她的。"

程云诺见他们啰啰唆唆，就说："是男生就快点，很多新书等着搬呢，不要磨磨蹭蹭的。"

就这样，走廊里便出现了六个大男生跟在一个矮个子女孩身后，浩浩荡荡地进了办公室。盛正宇觉得这一幕很有趣，不自觉地参与进来了。

到了办公室，程云诺又开始安排大伙搬书，她看着盛正宇问："同学怎么称呼？这一边你来搬吧？"

话音刚落，数学老师走了进来，看见盛正宇开心地说："正宇，你也来帮同学搬书啊？我正要找你，奥林匹克比赛你进复赛了。"

程云诺愣住了——原来他就是上一个年级的数学天才，隔壁班的学长——盛正宇。

"哦，谢谢老师！"盛正宇挠了挠头，有点点羞涩。

"稍后你帮忙搬完书，到我这里，我跟你说一下相关事宜。"

"嗯，好的。"

"啊……那个……"云诺正要解释自己认错了人，可是，盛正宇已经搬起新书走出去了。

程云诺跟在一群男生后面，第一次仔细地看着这个男生，他高高瘦瘦，说话不快不慢，稍微有一点点木讷。程云诺当时是因为看见这几个男生站在走廊里无所事事，才选择让他们帮忙的，还以为盛正宇是自己班的同学，没想到他竟然是数学天才盛正宇。

不过，多亏了这次误会，他们才有了给彼此留下印记的机会。

盛正宇突然有一天问身边的男生："那天让我们去搬书的女孩是谁？"

"我们班班花兼班长——程云诺同学，人长得漂亮还很文静。怎么样，有意思？告诉哥们，哥们帮你！"

"哥们，你想多了，我就随口问问。"虽然盛正宇嘴上这么说，但不知道为什么，心里倒是还挺希望和这个女孩接触的。

从那以后，他总是有意无意地在云诺班的门口与熟悉的男生聊天，假装随意地看她。每次云诺课间去老师办公室，都会在门口碰上他。因为有了第一次的误会，她对盛正宇格外留心。有时，她假装不经意地向正宇看去，如果发现正宇也正好看向自己，她就特别不好意思地跑开。她也不知道自己怎么了，但越是害怕，越是期盼每天下课出去溜一圈。有时候，她故意出去溜达一圈，就为了和正宇短短半秒钟的对视。有时候，正宇因为学习忙碌，不在门口闲聊，她还会到处寻找。

后来，机缘巧合，两个人都被选入学校的奥数培训班。云诺心里暗自愉悦，好像非常期盼在课堂上见到正宇一样。当正宇从门口进来时，她悄悄地多看两眼，直到正宇把头转过来，她才假装看向窗外。她最享受的时间就是老师对正宇的提问，因为每次这位数学天才都能对答如流。但是，她却不知道，正宇每天来上课，都会坐到她的斜后方，方便关注她。每次，她望向窗外的时候，他正好肆意地看她。

因为对云诺的关注多了，盛正宇才发现，他们两个人住在同一条巷子里。于是，他每天都假装学习到很晚，等待云诺从他的窗口走过，然后火速收起书包，跟在后面。刚开始，云诺还以为是哪个暗恋她的人打算表白，后来才感觉出不对劲，因为没有一个暗恋自己的人，会一直跟随自己一个多礼拜。

有一天，她鼓起勇气站在转角处等着，当正宇转过街角的时候，她跳出来拦住了他。她万万没想到竟然是正宇，可是，事情已经到这个地步，她也不能就这么跑掉。于是，她故意大声地问："你跟我干吗？我可是注意你好几天了，总是跟着我干吗！"

她原以为正宇会紧张地道歉或者说明跟踪的原因，却没想到正宇淡定地说："我家就在这儿啊……"说着，指了指附近的一户人家。

云诺顿觉尴尬，原来是自己自作多情了，但她还是硬生生地回道："那……也不行……以后你不许走这条路！"说完这句话，云诺心底竟然莫名地雀跃了一下，在自己喜欢的人面前，她还从来没有这么大胆过。

"其实……我每天都是踩着你的影子走回家的……"正宇见她要

离开，便赶紧抓住机会说道。

"哈！你是鬼吗？还踩着影子……你要是踩着我的影子，那得跟我贴得多近啊？"云诺一点也不像个淑女，大声地说着。可能只有这样，才能掩盖她内心的紧张与悸动。

正宇望了望头顶的月光，又看了看云诺，认真地说："云诺，我知道你喜欢吃学校西边的香草味冰激凌，我知道你喜欢去隔壁五班找你的好朋友万芳，我知道你每天上午课间操的时候去老师办公室拿批改作业，我知道你习惯每两节课去一次厕所，我知道你家住在哪里……"

云诺被正宇说得一愣一愣，完全没有了刚才的气焰，结结巴巴地说："啊……太……太晚了，我……要回家了……"说完，不顾正宇的呼喊，慌忙地跑回家了。

再次见面，是星期一的早晨，云诺从班里出来，正巧遇到正宇来班里找朋友。两人对视了几秒，正宇正要打招呼，云诺转身便走了。再后来，正宇就展开了猛烈的追求，经过不懈努力，加上哥们儿的大力支持，终于把云诺追到手了。但后来，云诺说之所以这么为难正宇，是怕正宇不是真心。

相处之后，两人才发现如此契合，班上的逸闻趣事，家里的宠物乐趣，迷恋的动漫故事都聊得来……每天回家，两人都觉得这条路很短。

有一天，盛正宇在快要走到家门的地方说："程云诺，我带你去个地方吧。"说完牵起程云诺就往河边跑，带着程云诺坐在河堤看夕阳西下，程云诺静静地着正宇的肩膀，盛正宇慢吞吞地说："将来，我们要是在河岸边有个小农庄，就种种花，种种菜，还能够垂钓，就这样牵着手过一辈子，多好，你喜欢吗？"

程云诺说："不种菜，应该种满鲜花，各种各样的，一年四季都有。一个只属于我们的花园。"说完她指了指河对面的空地。

"好，就建一座只属于我们的花园！"然后把程云诺抱得更紧了。

♂ 三 ♀

程云诺喝了一口茶，然后说："其实，那个愿望在那个时候挺难实现的，我从来没有想过会实现。尤其是最后，我们分开了，更没想过……正宇比我高一个年级，比我先毕业，那年的分别在我心里种下了深深的寂寞感……"程云诺说着又陷入了回忆。

正宇登上火车，透过车窗看着窗外渐渐远去的人影，火车呼啸之时便已经远离了自己熟悉的地方。正宇走后，程云诺才发现两人相守的日子多么珍贵。每天放学回家，总会不自觉地回头望望，总盼望着有个熟悉的身影出现。但是她知道不会有惊喜发生，周末的时候再也看不到高高大大的正宇站起来说话，她再也不会敲着窗子催正宇收拾书包……

异地恋让两人都不习惯，虽然正宇还是会打电话，但他的世界正在发生很大的变化，匆忙的课程、新的城市、全新的交友圈子……而程云诺只能在一旁听着，她要做的只有一件事，学习。

许多事情，在电话里讲起来，很难感同身受。程云诺还是感受到了极大的不安全感，他尝试安慰她，给她寄礼物，写信，可越是这样，云诺越心急。她一边担心自己的学习，一边担心爱情。最后，两个人渐渐疏远了。

云诺高中毕业之后，希望尽快地摆脱这样的痛苦，她决定去找正宇，想当面确定这段恋情的可靠性。那天，云诺接到了大学入学通知书，学校离正宇所在的学校很远。面临着大学四年的异地恋，她心情极差，她不知道和正宇还有没有未来。她只想去见一见正宇，问问他到底该怎么办。

可是，她到了正宇的宿舍楼下，却见到正宇和一个漂亮的女孩子说说笑笑，看起来很登对。正宇帮女孩拿着包，女孩吃着冰激凌，让旁人很羡慕。云诺就站在他们不远处静静地看着，不说话，也不上前，直到正宇扭过头来看到她。

那一刻，云诺觉得自己的心从悬挂的空中一下子沉入了湖底。正宇看到云诺，兴奋地跑过来，说道："你怎么来了？"

云诺微微一笑，说："没什么，你先忙吧。"

"她是我同学，一直追我，但是我说我有女朋友，没答应她。我只是怕伤害她，所以她找我帮忙我还是会帮的。"

"你怕伤害她？你怎么不怕伤害我啊？"云诺甩开了正宇的手。

"真的，我们俩没什么的，我心里一直都有你啊。"

"那你怎么不跟我有说有笑的？你怎么不抽空回去给我个惊喜？你怎么不经常给我打电话呢？"

"前阵子，你不是说突击高考吗？我怕耽误你学习啊……"

"我入学通知书都下来了！你都不问问我吗？你难道不想知道我

考上哪儿了吗？"

"哎呀，你考哪儿去了？"

"我们分手吧，我觉得太累了，自从你上了大学，我就不再是你的唯一，你有你的生活圈子，有朋友，还有美女。我也不想再厚着脸皮跟你好了！"

"别无理取闹了好不？我们不是好好的吗？"

"谁无理取闹？我是认真的，不要再联系我了。你和你的美女好吧！再见！"云诺转身就离开了。

云诺也不知道自己为什么发这么大脾气，是吃醋，还是缺乏安全感？是因为没有考上理想的大学？恐怕是各种心思混杂在一起的痛苦吧。她没有想过有一天会和正宇分手，但却最先说了分手。

正宇后来试着找过她几次，都被拒绝了。而且，正宇并不知道她去了哪所学校，到了哪里发展，就再也找不到云诺了。


程云诺失恋的前三个月，每天晚上都很难入睡，想着正宇和自己在门口假装不经意地对视，眼泪就不停地往下流，枕边一直都是潮湿的。

多数时间，她只能强迫自己看书或者看电影，让时间飞快地过去。从未有过的自卑全面侵袭她，为了重新面对生活，她参加了自行车社团，在这个过程中交了新的朋友，心情也慢慢好了起来。从来没有参加过公共场合的演讲，她也努力尝试。在勇敢改变自己的同时，她渐渐走出了分手的失落情绪。整个大学都是程云诺重塑自我的过程，她从一个刚进入大学怯懦的女孩子变成了一个阳光自信的女子。

　　大学期间，她交往了一位学长，毕业没多久就结婚了。结婚的前一晚，云诺把自己锁在房间里，翻看着高中时的照片，默默地流下了眼泪。云诺的婚姻生活很稳定。但是，程云诺希望实现自己的梦想，不顾家里人反对，继续进修考博。攻博期间，她和丈夫的意见越来越不合，丈夫总拿"博士了不起"这样的话揶揄她，还总说她不知天高地厚。她觉得丈夫并不懂自己，就专心考博进修了。

　　就在她拿到博士学位的那一天，她回家看到了离婚协议，她明白，这是早晚的事。当她提着行李从家里出来的时候，身后是前夫的谩骂。可她不后悔，她的前半生已经画上了句号，该开始新的生活了。她不顾一切地买了回家的机票。

## ♂四♀

由于时间关系，她买了最后一班从上海飞往老家的飞机票。当她提着箱子前往等候区的时候，抬头却看见了一个熟悉的身影正好起身，程云诺和盛正宇就这样面对面站着，阔别二十年后意外在机场相遇。

程云诺不敢确信对方就是盛正宇，盛正宇却一眼就认出了程云诺。二十年了，程云诺还是那么有魅力，那么精神。盛正宇却完全变了样，他穿着深色西装，俨然一位商务精英男士，干练稳重。正宇先拉着箱子向程云诺走过来，他站定后说："怎么了，不认识了吗？"

"不敢认，二十年了我真的不敢相信是你。"程云诺说完，眼泪已经在眼眶里打转了。

"我一出现怎么惹你哭了，你还像二十年前的小女孩，一点都没变。"说完，正宇从口袋里掏出一包纸巾递了过去。

"没有，就是赶巧了，今天遇见你……"程云诺也不明白自己为什么会哭，只好擦着眼泪微笑。

正宇说："飞机晚点了，我们那边咖啡厅坐吧？"

"你一点都没变，那么多年了还好吗？"正宇刚落座就开始问。

"今天刚拿了博士学位，又刚刚离婚，还见到了你，该用什么词形容？"程云诺坐下后，勉强笑了笑说。

"你这个信息量很大啊！"

"你还好吗？那次之后就再也没有往来了……居然一隔就是

二十年。"

"和你分手后，我咬咬牙飞去了美国，在那边读完了学位留下来工作，也有了一个家庭。但是我一直想回国，她不是很乐意，就分开了。我回来快一年多了。"

"为什么想回来？"

"很多原因，总觉得根在这里。我听说你也结婚了，没想到还能再遇见你。"

"现在自由了，可以放松一段时间，调整一下。"

"你这是回家吗？"

"是啊，你呢？"

"我正好出差回来，回家看看爸妈。我们真的好久不见……"

程云诺沉默了一会儿，看着正宇头上几根白头发，然后静静地说："是啊，好久了吧。"


广播里传来登机的消息，两人便一前一后地进了机舱。程云诺先找到位子坐下，正宇帮她把箱子放上去后，便继续往后找自己的位子。飞行的过程中，程云诺起身上洗手间时路过正宇的位子，见正宇睡熟了，便为他轻轻整理了一下毛毯。

下了飞机，他们一起坐车往家的方向走。

路上，正宇说："那时的我根本不知道该怎么处理你的情绪，我还记得我们第一次对话是因为你认错了同学，第二次说话是因为你怀疑我跟踪你。现在想起来都觉得很好笑。"

"是吗？哈哈，我都忘得差不多了。"

"你知道吗，那年我刚上大学，你还上高中，你给我打电话哭诉你的烦恼，我完全不知道要怎么去安慰你。有很多事情都是未知的，那时太年轻，不知道怎么处理。"

"可能我当时是越幸福越怕失去吧，最后反倒真的失去了。"程云诺说完叹了一口气。

"当时，还是太年轻了……"

"也许……"

两人沉默了一会儿，各自回了家。阔别多年，今日一见，谁都没有睡着。他们在记忆中抽取出最稚嫩的一段青葱岁月，反复品味，交织的画面让他们百感交集。

第二天，正宇约云诺出去走走，他们转到了当初的河岸边。他先开口："云诺，你……昨晚睡得好吗？"

程云诺点了点头说："可能太累了吧，什么都没想，倒头就睡着了。"

"我离开美国的时候去见了一位神父，我将我所有的困惑都分享给他，他说了一句：'也许你自己按照直觉所走的路就是答案。'一直往前走吧。"正宇说。

"离开你之后，我努力让自己去控制命运，握住拥有的东西。但发现人生中总有失去，总有拥有，越是你想珍惜的越是跑得快，越是害怕失去的越是失去得更彻底。一直往前走，但就像被推着，我好累……"

两个人静静地在河堤坐了一会儿，正宇想要问问云诺这些年过得好不好，却又咽了下去。他担心引起云诺太多不好的回忆。

后来几天，两人就像老朋友一样聊起过去和现在，也偶尔憧憬一下未来，那种熟悉的感觉还在。

　　正宇要赶回上海处理公司事务，临行前说："我暂时不在身边，一定要好好照顾自己。"云诺点了点头，微笑着送他登机。

　　他在工作之余，每天都会打电话给云诺，和她闲聊一会儿。可是，突然有一晚，电话没有打来。云诺以为他太忙，便没有去打扰。直到第二天早晨，她才忍不住给他打了个电话。

　　她拨通电话："喂，正宇？"

　　"您好，正宇先生正在病房休息，我是他的助理小梁，您是哪位？"

　　"正宇，他怎么了？我是他的一位朋友。"程云诺焦虑地问。

　　"盛总总是东奔西跑，都没有注意胃部的问题，刚刚动完手术，现在还在休养中……"

　　程云诺听到这个消息，即刻向助理打听了医院地址和相关信息飞往上海。正宇在上海没有什么朋友，生病了也没人照顾，云诺就无微不至地照顾正宇。正宇睁开眼睛，惊喜地发现云诺就在身边。他连忙起身，却被云诺按下。

　　云诺说："听说你住院了，没有人照顾，我就来了。"

　　"没事，不用跑那么远。"正宇嘴上说着没事，心里却暖暖的，"你看，精神很好，没几天就可以出院了。"

　　"你是想赶我走吗？"程云诺假装起身要离开。

　　"没……没……哎哟……"

　　"你就不要装硬朗了，一定是因为你长期饮食习惯不好造成的。刚动完手术要多多调养，过两天出院后我帮你好好调养。"程云诺笑了笑，安静地坐下来。

"我觉得最欣慰的就是有你在身边。"正宇看着程云诺，然后握住了程云诺的手。

　　患难见真情，只有这种时刻，程云诺才明白自己的心里还是有奋不顾身的挂念。她已经不像二十多岁时，还向往浪漫情节。此刻的她，只担心他是否安好，是否能够平安。

　　接下来的三个月，程云诺一直守在正宇身边，每天都为他准备餐食，提醒他准点吃东西。为了方便调养身体，正宇一直都在家里办公，程云诺就在家里照料他。早晨程云诺会提前去买菜，做好早餐再叫醒正宇。有时候正宇会抽出时间陪程云诺在楼下散步逛逛。

　　有一天两人正在散步，正宇说："就这样，我都觉得很满足了，好幸福。"

　　程云诺没有说话，正宇看着她，想脱口而出的问话又咽下去了，正宇总觉得程云诺在逃避。每次说到这些话的时候，程云诺都会沉默或者岔开话题。正宇有些疑惑，她对自己明明那么担心，为什么要逃避？

　　"其实，当时我对未来没有信心。我知道害怕失去的却会失去得越快，所以我不敢去期待什么。我很喜欢当时两个人相处的方式和节奏，所以我害怕改变，害怕有什么变化之后，美好的感觉失去了。"程云诺想起当时的心境，很坦然地说，"过了二十年，我还是没有跨过那道心理防线，好在他变成熟了，他给了我安全感和未来。"程云诺说完，眼中闪烁着雀跃的光芒。

当时，正宇非常想给云诺一个惊喜，然后向她表白，可是，又怕自己表白之后，再一次失去她。于是，他下定决心要把云诺小时候的愿望实现了。

## ♂ 五 ♀

他记得很清楚，云诺想在河堤前面的院子里种满鲜花，一年四季都开放。他做好决定便安排小梁去家乡处理这件事情，他亲自挑选了很多鲜花，一一发给小梁。

一切都有条不紊地进行着，云诺根本不知道这个世界上，有一个大花园要为她绽放。正宇还像原来一样享受着程云诺带来的幸福。二十多岁的时候会想像着未来会是什么样子，三十岁的时候在生活中摸爬滚打，四十岁的时候已经把这些都沉淀下来了。虽然还没有到知天命的年纪，但四十岁确实应该握住命运。这一次他不想让程云诺逃跑。

小梁成功完成任务回来，正宇也差不多完全康复了。他牵着云诺的手说："我们一起回一趟家乡吧，你出来这么久，爸妈该担心了。"

"嗯，我差不多要回去了，离开家那么久了。"程云诺平静地说。

"我们明天就出发好了。"

"你那么着急……"

"好了好了，这事你就听我的吧。"

"好吧，拿你没辙。"程云诺笑了。

第二天，下了飞机，正宇直接叫了出租车载着程云诺直奔河堤。程云诺睁大眼睛看着正宇："为什么去河堤？不是回家吗？"

"你就不要问了。"

"怎么了？"

"到了你就知道了。"

程云诺做梦也没想到自己的梦想会成为现实，一路上正宇都没有再说话，只是看着窗外一闪而过的风景。他有一些紧张，期待着即将发生的一切，一路上他的手指都在敲着座位。程云诺看着他故作神秘的样子，嘴角微微上扬。程云诺别无所求，只祈祷两个人能够岁月静好。

到了河堤，正宇拉着程云诺下车，没走几步路，一座花园映入眼帘，程云诺眼中泛起泪花，正宇问："是你想像中的花园吗？我没有种植其他的东西，一年四季都可以看见花，各种各样，五彩缤纷的颜色，还有你最喜欢的白色玫瑰……"

还没有说完，程云诺就抓住正宇的手臂，很激动地说："你什么时候筹备的？"

"快康复前请小梁准备的，不知道你喜不喜欢？"

"喜欢。真的很喜欢。"

"小时候的梦你已经拥有了，未来的幸福可不可以试着拥有？"正宇握住云诺的双肩，认真地说道，"我不敢许诺什么，我只想珍惜与你在一起的点点滴滴。我们不再是二十年前的我们，这一次我希望我们能够长长久久。"

"如果当时他没有那么坚持，也许我没有信心面对两个人的未来，或许我又一次想逃跑。但有一天我听到《富士山下》的时候突然停住了，其实我不懂粤语，但就在那一刻，音乐一响起，我就懂了其中的含义。后来我再去查阅歌词，才发现它仿佛就是我的一段心路，难舍到极致不舍再到舍去，释放过后两人彼此得到新生。"程云诺喝了一口茶，结束了他们的故事。

两人讲完这一段爱情经历，我很想送上掌声或者bravo（喝彩），但是我觉得那样太轻浮了。一时之间，我竟想不起该用什么方式去表达他们内心的一份珍存。

二十年的轮转，妙不可言的缘分，命运之手充满惊喜，送出一段惊喜的尘世。他们的婚礼用了最简单的光、最简单的白色、最简单的剔透材质。在一场纯白色的婚礼中，钢琴吸引了所有人的目光。

当正宇走上舞台时，四下都安静了。灯光慢慢暗了下来，他深呼一口气，开始弹奏《富士山下》，琴声响起的时候，程云诺慢慢出现在舞台中间，她的眼中是弹钢琴的正宇。

一束明亮的光打在正宇身上，弹奏完毕后他起身走向程云诺，手拿着捧花，单膝下跪："我知道你愿意嫁给我，我想问你愿意因为我而幸福吗？……"程云诺落泪片刻擦了擦眼角，她笑着说："我愿意，失去过才懂得如何拥有，在你身边，我才是幸福的。"

十年能够忘记一个人，二十年能够彻底不再想起，但是命运又让两人相遇，真爱有一种特质叫作百转千回，真爱有一种形式叫作不离不弃，真爱有一种回音叫作唱响心田。

**缘分始终是最奇妙的，让相遇变得不可思议，让分开成为一种经**

历，让相守呼唤永恒。有些事情总是要经历后才会懂得当时为何要错过，有的人一辈子错过了，有的人错过了还会再拥有。这种强大到不可思议的命运，足以给相爱的人勇气，重拾幸福。

不是每一个人都会让你遇见缘分，不是每一次失去都会拥有再次偶遇的幸运。他们的感情值得我们赞许，他们的爱情是无数夭折的爱情中的幸运儿。所以，我们期待一次就好的爱情，期待彼此原谅，期待彼此感恩，期待彼此相扶到老。有一句话说得好："希望和你从红地毯走到闭上眼。"

当缘分走到你身边，请珍惜，失去了，请放开。不要可以，不要硬留，顺流而遇，随心而往。

# {12}
## 爱不是征服的战争，是一盘雅致的棋局

　　帮新人筹备婚礼的过程中会收获很多种爱情的方式，有的是青梅竹马相伴成长，有的是学校同桌相遇一生，有的是成熟之后片刻惊鸿私订终身……每一对新人的爱情都有不一样的地方，纵然两人是别人介绍的，在喜好和相处方式上也会体现出很有趣的差别。有的新人经过介绍后，两人因为玩游戏而产生火花，有的经过介绍后因为都喜好美食而产生默契。爱情有时候就像一盘棋，你设局我来应，追追逃逃，攻城略地，守株待兔……浓缩了两人的生活意趣和智慧。

♂ — ♀

　　汤逸和卢珮瑶两人的爱情是一盘绝佳雅致的棋局，婚礼结束后很久，意外拜访她家丽江别院的时候，才听到棋局的细节，不禁感叹爱情的奇妙，"旗鼓相当"或许是爱情长久稳固的原因，"匹配"二字

不是虚谈。

　　每一年的七八月婚礼策划人都可以享受相对空闲的时间，婚礼淡季带来的假期能够让人四处旅行放松心情。

　　这一年正好想到拉市海旅行，想起一对新人在拉市海的丽江会所，索性前往看看是否还有房间能够入住。记忆中的卢珮瑶是位非常有才华的新娘，端庄贵气的大家闺秀。因为从事设计工作的缘故，她的身上总带有一丝灵气。这家会所由她设计而成，呈现出别致的中式雅韵。我们前往的时候，没料想她在那里，也许是缘分，我们就恰巧碰上了。

　　当晚入住之后，夏夜的拉市海有点微凉，但我们还是忍不住披上披肩走到厅内小聚，顺便看一下户外美丽的星空。多数城市的天空像被一层纱蒙住了，很难看到清澈的天空和闪烁的繁星，但是云南的天空很洁净，清风几许，夏夜如水，繁星点点，这种景致甚好。我们带了两瓶酒，开始小酌夜聊。这个时候卢珮瑶也正好空闲，就加入我们的闲聊，正好聊起她的婚礼。

　　当时她的婚礼，我们耗费了很多精力，她自己也完全投入其中。她很用心地准备一切，她素有的美感融入到自己的婚礼中很有意义。她曾经半夜起来为了婚礼logo思考到清晨，最后自己用小篆体把两人名字做成一个印章，成为婚礼的亮点。

　　中式婚礼宴会厅顶上的纸灯笼是她精心挑选定做的，舞台背后的门廊是她一笔一笔画好请木工师傅照着做的，纸伞上的游鱼、扇子上的牡丹很多都是出自她手。最精妙的是她的中式礼服，她跟礼服师在材质、绣花、色彩上发生了碰撞，前前后后修改了好几次。汤逸陪伴她全程的设计，虽然觉得她很辛苦，但也很惊奇婚礼的过程。他曾经说在这个过程中体会到了东方美学讲究意境的微妙。

"我们两个有些地方很有默契，有些地方是正好相反能够互补，记得最初看到他的第一眼时，我还在想应该不会喜欢他。"

"为什么？汤先生那么仪表堂堂，谈吐修养都属上乘呢！"

"我不喜欢戴眼镜的男生，总会让我觉得有些呆。"卢珮瑶很俏皮地说。

"那第一面是怎样的一个情景？"

卢珮瑶开始回忆起两人过往的故事。

♂二♀

汤家和卢家是世交，两家孩子刚刚生下后就结了娃娃亲。后来，卢家迁移到其他地方，珮瑶和汤逸很长时间都没有见过面，直到珮瑶18岁生日上，两人才又见过一次。

但是，缘分就是有些微妙，两家孩子都去了国外深造，凑巧的是两人都选择了英国。汤逸学习人文科学和商科，卢珮瑶学习设计学，各自专注于自己的领域。卢珮瑶在设计领域很优秀，典雅大方，有很多追求者，但是她却处处刁难追求者，以自己的智慧来考验对方，结果追求者都被她的机智逼退。卢珮瑶的父母觉得她到了适婚年龄，于是想促成她跟汤逸的良缘。

卢珮瑶倒是不慌不忙，她觉得对方不过是个凡夫俗子，她很难想像对方可以让自己另眼相看，他们通过双方父母的推荐，互换了wechat。卢珮瑶看见汤逸的头像，感觉很书生样，她最不喜欢戴眼镜的男生，却偏偏遇到了。卢珮瑶之前听朋友说，其实最后的伴侣往往跟自己最初的想像大相径庭，这个或许就是命运。珮瑶思索着命运这个问题时，汤逸弹出一条消息："你好，我是汤逸，父亲提到我们在同一个城市，觉得很意外，是否有兴趣周末一起到西区逛逛？"

　　"你好，这个周末有空，感谢你的邀请。"卢珮瑶很礼貌地回复后，看着屏幕在想他会怎么回复。

　　"周末下午四点，我来接你？"

　　"可以啊。"

　　"到时候见。"

　　汤逸的回复快速且简约，卢珮瑶觉得有点意思，于是开始翻看汤逸的微信内容。有他出席活动的记录、学习记录、伦敦城市的美景和美食、旅行……从微信内容来看汤逸的生活，卢珮瑶觉得汤逸倒是位挺雅致的男士，心里有了一些小期待。


　　那是个深秋，没有晴朗的太阳，有点阴冷，卢珮瑶穿着牛仔套装，搭配一件白色的毛衣，高高的马尾扎起，看起来清爽靓丽。她选择了一条精致的毛衣项链，背上黑色双肩包，干练活泼。卢珮瑶从学校欢快走出来的时候，看见汤逸站在门口，戴着黑色眼镜，穿着黑色的西服，手中握了一把黑色的伞，向她挥了挥，非常正式的穿着，旁边还停了一辆TAXI。珮瑶觉得自己有些太随意了，但也只好这样了。

　　"你好，我是卢珮瑶！"

"你好，我是汤逸，走吧，这会过去正好吃一顿晚餐，然后就可以看歌舞剧了。"

卢珮瑶看着戴眼镜的汤逸一点都不木讷，而且还发现汤逸幽默风趣，他选择的约会的地点让卢珮瑶很喜欢。

深秋的伦敦不是萧条的冷，周围的路灯和川流不息的车灯让这个城市有一些暖意。卢珮瑶坐在车上看着窗外街景。汤逸说："家父说我们很小的时候在一块玩耍，看见你真人的时候，我在努力回忆你小时候的样子，但是只有轮廓，不是很清晰。"

"我记忆也是模糊的，家里有你小时候的照片，胖胖的很可爱。18岁的时候，你穿着小西装很腼腆站在父亲身边。我们竟然没有说半句话，想来很有趣。"

"小时候你扎着羊角辫，我倒是记得很清楚。"

"那时总感觉脑袋很重，因为头发太多了，让脑袋撑着有点累。"

"我依稀还记得一件事，不知道你还有印象吗？"

"什么事？你比我大些，记忆要清晰一点。"

"有一次吃泡泡糖，吃完之后，你用手把糖丢了，羊角辫的头花掉了，你很迅速地扎好花朵，然后你的头发就粘了糖汁……第二天早晨梳头发的时候，根本分不开，只好剪了，你一边剪头发一边哭得稀里哗啦……"汤逸说起来，嘴角都是笑容。

"我……好像……不记得了，有吗？"珮瑶有些不好意思地低下了头。

"有的，哈哈，那是件很特别的事，你从小就是那么活泼俏皮，关于你的事我都记得很深刻。"汤逸补充说道。

"让你见笑了，实在没办法。家父总说也许我心里住了个男孩。"卢珮瑶看着汤逸很开心地笑了起来。

两人的第一次约会很成功，多亏了汤逸的安排。汤逸带着卢珮瑶看了歌舞剧《雨中曲》，怀旧舞台上大雨倾盆而至，配合情节演绎经典，珮瑶看得很认真。这一部剧是她多年的爱好，没想到汤逸无意中选中了她的最爱。她喜欢《雨中曲》中男主角简单的赤诚，当你爱上一个人的时候，整个世界都美好到词穷。

汤逸注视着珮瑶眼中的喜悦，他乐在其中。闭幕的时候，珮瑶转过头来很惊奇地看着汤逸："你怎么会选择这部剧？"

"正好这是一部轻喜剧，这个时间段看起来心情很愉快！你喜欢吗？"汤逸很冷静地说着。

"哦，嗯……很经典的一部剧。"珮瑶故意掩藏自己心里的悸动，她心想哪能让他这么容易就看穿，要给他一些考验才行。

"那你还满意吗？珮瑶小姐，哈哈。"汤逸很自然地问起。

"谢谢今天的安排，很开心。"珮瑶还是难以掩饰自己的好心情。

汤逸送她回去的路上，她一个劲儿地在讲刚刚剧里很让她惊喜的地方，汤逸一边听着一边偶尔赞许。送珮瑶走的时候，汤逸看着珮瑶轻快往前奔的背影，他嘴角微微上扬。他上车后给父亲打电话说："爸，多谢秘笈，初战告捷。"

这一天的经历让珮瑶觉得很满意，她觉得异常惊喜的是无论吃的、或者歌舞剧都是她的taste，只是她自己休闲的穿着不太正式，让她留下了一点点小遗憾。但是她耸耸肩，她觉得这个就是她自己。她回到寝室跟闺蜜汇报说："他的品味和谈吐都不俗，不是传统的学霸，但是我想要考验一下他。你说有哪些方式可以考验？"

珮瑶的头号闺蜜——张澜，御姐形象的千金大小姐，男友换了一堆。珮瑶终于有了一次很不错的约会，她就帮忙出谋划策提供一些考验方式。

张澜充当谋士侃侃而谈："考验三关，第一关身体……"

"啊，你说什么……"

"听我说完，就是带他去农庄骑马，看他是否绅士，看他亲近你的时候是不是心无杂念，而且骑马能够看出他是否肢体协调热爱运动咯。"

"这个还好，容易实现，那第二关和第三关分别是什么？"

"第一关你要注意自己骑马的美感哦。第二关是能力，第三关是心。通常第二关你们共同出席活动或者他的朋友群就能看出一些端倪，而且他是学霸也可以看看他成绩之外的能力。第三关很重要，就是心，对花花世界的免疫能力。你看，身体与心灵都为你方方面面考虑到了！"

"谈个恋爱，好像战争一样，策略、进攻、方式……好复杂。"

"嫁对人才是正经事，亲姐妹。"

"好啦，你这个鬼精灵，帮我看着点，在无形中看他是否合适。"

"随你啦，方法告诉你了，随——便——你——我去睡美容觉了，拜拜！"

"好的啦，去吧——"

挂完电话珮瑶躺在床上细想今天的经历，她觉得很愉快，至少初次见面印象不错。

## ♂ 三 ♀

　　后来汤逸征求珮瑶周末约会的想法时，珮瑶提出想去骑马，她在国内周末的时候会跟父亲一起去骑马。从最开始的恐惧到后来的得心应手，珮瑶对自己的马术还是很骄傲的。汤逸听完这个要求，他很干脆地说："不错，好主意，周末去马场呼吸一下自由的空气。"于是两人周末相约在马场。

　　珮瑶几乎是怀着雀跃的心情前往马场的，来伦敦求学的日子其实很乏味，珮瑶只能一直勤奋地学习设计，远离爸妈的日子有些孤单，骑马曾经是她最爱的一种消遣。一到马场，珮瑶就很熟练地完成了一系列准备，翘首以待自己的马匹。汤逸在教练的指导下一步一步完成了准备工作，他看着珮瑶说："你蛮快，这是我第一次骑马，祝我好运吧！"

　　"你第一次骑马？哈哈，看来我要好好关照你。"珮瑶笑了起来。

　　"我相信我能够跟马儿有默契合作。"汤逸很自信地看着珮瑶。

　　珮瑶说："欣赏你的自信。"说完，珮瑶摸摸身边的马，然后飒爽翻身上马，慢骑马儿一会，待默契度十足的时候，骑着马儿上了赛道驰骋起来。汤逸追随而出，站在较高的位置看了一阵，眼中的珮瑶自信、洒脱，让他入迷。他返回去，在教练的指导下骑上马，慢慢走了几圈。他出了马棚在道上慢慢骑了一会儿，珮瑶骑着马过来与汤逸慢行。汤逸虽是第一次骑马，但是很稳，他对珮瑶微微一笑，然后说："看，我说我跟马儿有默契吧！"

"你真的还不错，第一次居然能够那么协调。"

"马儿很有灵性，好像能够感知到你的情绪，你信任它，它就回馈给你信赖。"说着汤逸就摸摸马儿。

"你还真是有灵性，哈哈，你慢慢骑，我去溜几圈，好久没有那么自由奔驰过了。"说完珮瑶快马加鞭飞扬起来，汤逸眼见珮瑶箭一样随着马儿飞奔出去了。

汤逸笑了："真是活泼有个性的女孩子！"


汤逸在教练的帮助下，慢慢骑了一圈，珮瑶在远处看着他。汤逸骑上马很潇洒，俊朗外表搭配马靴、帽子，显得干练帅气，而且汤逸对什么都有耐心，无论是马儿、教练还是其他服务人员，他一直都恭谦有礼，不慌不忙。她曾想起有一项心理测试，约会对象对服务人员的态度就是六个月热恋过后他对你的态度，这是一个人隐形的习惯。珮瑶想起来，嘴角微微上扬，有一种很放心的感觉。

骑马让珮瑶身心释放，来到伦敦那么久，第一次有一种不是身在异乡的感受。她换完衣服，穿好自己的高跟鞋，正当她想走到汤逸身边感谢他的时候，她不小心崴了一下，汤逸一大步跨过去扶住她，然后说："习惯马上飞就不习惯走路了吗？"看着她笑了笑，"扭到没？"

珮瑶被他扶着，近距离发现其实他戴着眼镜蛮好看的，她有些害羞地说："没有，就是……可能一下子没有站稳。"

"你要是喜欢以后可以常来，我陪你。"


按照珮瑶之前的性格，如果不是像她那样精于马术，她兴许不会乐意让对方陪伴。但是这次她有了异样的感觉，汤逸让她体会到的是陪伴的温暖，一种恬静的照顾。她很喜欢这种暖暖的感觉，于是，她点了点头。

汤逸把珮瑶送到学校门口，看着她进去的背影，然后拨通电话："她的确很喜欢骑马，或许今天她不那么孤单了吧……"

珮瑶回到寝室立刻拨通头号闺蜜张澜的电话："今天骑马真的太棒了，就是最后我崴了一下脚，哈哈，幸好没摔倒。"

"啊，姿势优雅不？"

"那会儿还在意姿势？没摔倒在他面前已经很好了。"

"那他有没有救你，岂不是近距离接触？？"

"你想哪里去了，不过第一关，他过了。虽然他不会骑马，但是他尊重这种喜好，而且是一种开放尝试和舒适陪伴的心态。"

"第一关就好评不断，看来这次你有……一点点……动心咯。"

"哈哈，你就自己去想吧，我有些疲倦咯，先休息……"

"说正题你就跑，好吧，先饶过你，去吧……"

珮瑶挂了电话之后，整理好自己的鞋子和外套，然后静静躺在床上回想当天骑马的经历，他陪她骑马的感受就像遇见一位老朋友一同分享一件赏心乐事。


之后的几天珮瑶都很忙，母亲打来电话问近况，珮瑶都来不及汇报，只是快速地说着："妈，你们放心吧，我不会欺负他的，都很认真对待了。"

"看看谁能把你收了。每天不要那么忙碌，身体最重要。"

"妈，我会注意的，那么大的人……先挂电话了，我还赶着上课呢。"

"好……好……好，去吧。"

珮瑶忙碌奔走于不同的资料馆，虽然她家殷实富足，但是她从来都不在意那些，只要是自己经手的事情她总要做到最完美。为了这次的选题，她跑了很多地方收集资料，甚至还寻找一些口录来证实自己发现的观点。她始终认为设计是能够改变生活的，让人能够更人性化地感受世界，所以一直投入很多精力在自己的学业上。

## ♂ 四 ♀

汤逸有一个朋友聚会，他想邀珮瑶出席，于是他就拨通电话："珮瑶，我近期有一个活动，不知道你是否有兴趣一起出席？"

"我最近在赶一个项目，活动的具体时间是？需要提前准备什么吗？"

"是我们师兄的一次宴会，邀请了艺术领域几位顶尖的人一起聚会，好像有一位是你们的师兄大卫，一方面是他项目的庆功宴，另一方面就是个简单的社交往来。不知道你是否有时间？"

"大卫吗？我因为这个项目很想找机会约见他，那太巧了，我有时间来参加。"

"好的，那我稍后把邀请函给你快递，你做好准备。"

"太好了，实在感谢！"珮瑶接完电话，整个人很开心，没想到这一次项目那么顺风顺水，前期资料的收集已经完成了，她还想在论点上有所突破，能够见到前辈她实在太开心了。

第二天她就收到一个礼盒，打开一看，一封很精致的邀请函下面是一条浅珊瑚色的纱质长裙。这条长裙正好很适合一个金色手包、一双金色皮鞋，当下，她立即试穿，站在镜子前前后旋转，裙角飞起的时候，飘逸得让人心动。女孩子永远不会嫌多的就是裙子。珮瑶喜欢明亮的色彩带来的快乐感觉，她给汤逸发了一条信息："谢谢你的裙子和邀请，我会准时出席。"

珮瑶回忆当时说："我真的完全没有想到，他会那么细心而且最重要的就是长裙的珊瑚色是我最喜欢的。他每个细节都思虑很周密。"

珮瑶下车的时候，汤逸已经在门口等候多时了。汤逸细心地准备了自己的礼服，黑色西服、蓝色衬衫、深蓝色的领带和口袋巾，清爽且帅气。两人站在门厅就吸引了很多人的目光，站在汤逸身边，珮瑶丝毫没有任何畏惧。

汤逸跟学长、同学们谈笑风生，珮瑶恰如其分地微笑，听取一些有意义的想法。这时候大家邀请汤逸发表祝福词，他也没有过多推辞，很大方地敲了几下酒杯吸引众人的眼光，然后开始说起自己的祝福词。珮瑶不记得当时他说了什么，只记得站在众人面前，汤逸没有任何紧张不安，大方自然地讲述，时而幽默撩拨众人，时而温情感动大家。那一刻珮瑶很安适地站在他的附近，有一种倾慕的感觉。


在这场宴会上珮瑶还遇见了最想交流的大卫，经过汤逸的牵线，两人关于设计方面的很多碰撞为珮瑶带来了新的想法。那个夜晚珮瑶在汤逸身边有一种稳稳的安适感。对他能力考验的第二关也合格了。

回到寝室她跟张澜的对话全是溢美之词，张澜最后说："你已经被俘虏了，我还能讲什么呢？享受爱情到来的美好时光吧。"

"这次真的是爱情吗？"

"有欣赏有心动就是，用你自己的直觉，这个我帮不了你。"

"也许吧，不可否认，这是我相处最愉快且细节很完美的一位男士。你知道吗，就好像他都是有备而来，但又很自然，丝毫不造作。"

"那或许本身他就拥有这样的素养，至于他对你的关爱、你对他的熟悉感，就是从小时候就有的。这就是所谓的缘牵一线。你还需要第三关的考验吗？"

"哈哈，需要，而且是最关键的。"

"是什么？"

"暂时保密。"珮瑶笑了。


后来，两人各自又进入了一段忙碌期，两人除了微信、电话联系，周末都没有时间一起走走聊聊。但他们也会忙里偷闲在伦敦西区talkhouse喝一杯咖啡，共度下午时光。两人坐在看得见街边风景的位子，珮瑶从最近有趣的见闻开始一直聊到毕业的打算，每一件事都与他分享好像就能获得快乐似的。突然珮瑶开始对汤逸提问了："我来提问你来回答，看看那么久了你对我的了解程度如何？"

"好啊，不妨检验一下最近的约会成果。"

"我最爱的戏剧和书？"

"《雨中曲》《百年孤独》，这个不难，看你在书架边徘徊最久的。"

"不错，都对了。下一题，我最爱的颜色？"

"你喜欢明亮的，小时候看见你穿粉红色很好看，但不知道是不是你最喜欢的。"

"你怎么会选择珊瑚色的裙子给我？"

"那条好看啊。"

"很巧，那是我最喜欢的颜色。"

"我在家经常消遣什么？"

"茶和骑马。"

"我叫什么？"

"卢珮瑶。"

"哪里人？"

"弄得好像查户口，哈哈，不想回答了。"汤逸笑道。

"是你先把我户口查了一遍吧，哪有那么多凑巧的喜好你都碰上了，快说谁给你当参谋？"

"你怎么知道？"

"快诚实交代。"

"我猜想应该瞒不了你，你的家人都是我的参谋。知道家里安排我们相识，我有空回国就提前到你家里拜访了一次，一是送去爸爸想带过去的礼物，二是了解卢珮瑶是个怎样的女孩子。"

"我就知道，哪有那么多巧合，开始我还以为我的关卡设计得很巧妙……"

"但是也还好，我没有故意为之的，最多只能说是投其所好，这个不为过吧？"

"但是连珊瑚色都有人告诉你，让我觉得隐私被侵犯……"

"那是跟伯父聊天的时候，我看见他柜子里有一个手工玩偶，穿着珊瑚色袜子做成裙子的小玩偶，我很好奇，就问起来了。原来是你第一个手工作品，听说你当时还很骄傲地告诉爸爸说，将来你要穿着珊瑚色的纱纱裙嫁人。所以为你挑衣服的时候，我找了很久，在一家手工定制坊才找到，珊瑚色浅浅的很适合你。这个也不为过吧，尊重你小时候的意愿，让你华美出现。"

"原来转了一圈都在你的局里，我每次还自作聪明地以为你完美过关……"珮瑶笑了。

"那是因为我先喜好你，要慢慢让你发现我，然后喜欢我。这一局叫作美好。"汤逸很自豪地说。

♂ 五 ♀

"他就这样表白了，第三关就顺利过了。有时候觉得像顺其自然的合拍，有时候觉得是他睿智的引领，有时候觉得或许这就是命运的安排。结婚后他很忙碌，但他还是像最初一样尊重我的喜好，爱护我。"她一边斟满小酒，一边说道。

"你们两个的恋爱方式不像征服战，像一盘很雅致的棋。"

"是的，和他在一起总是很平和。婚后，其实我还是很想做设计，但是他实在太忙碌了，如果还要为我担心外面的事务，我于心不忍。我觉得应该为他做一些事。所以我就从那份工作上退了下来，照顾家庭。说实话，我有些不舍。"

"棋逢对手被俘虏了，总要有些舍弃，'舍得'二字是一件需要参悟的事。"

"现在我依旧陶醉于琴棋书画，照顾家庭里里外外的事务，还是很忙碌，也要陪他出席一些场合。忙碌之余偶尔捡起自己喜欢的事情，也是快乐的，我们正在为怀宝宝做准备，要做一个好妈妈，前前后后要学习的事情很多。"

"舍和得，这种得到更加温暖些。"

"是啊，现在的日子是我所期待的，所以总会想起当时举行婚礼的时候，很慎重地去对待了那次仪式，爱情经历了那个时刻就好像获得了更多生命的动力。开始我一直以为婚礼就是为了大人的仪式，但是当我穿上定制的礼服，当我看见所做的logo呈现在屏幕上，当站在舞台上听他说这些年的感触，我才从中感受到满满的幸福。"

"那场婚礼很具有美感，也很喜欢你们在这座别院中完成的仪式。当时你穿着中式礼服从轿子上下来的那一刻，隔着红纱微笑的脸庞很美。这个正厅当时布满红绸，复古梁柱间洋溢着喜庆的氛围，端庄大气。没有特别喧闹的音乐，就是简单的拜堂礼也让人回味良久。"

夏夜丽江别院留下了一段很美好的回忆，婚礼人有时候只能蜻蜓点水一般接触到客人的情感，但是偶尔有机缘还是会走进他们的故事中，阅读那些更细腻的点点滴滴。

门当户对不是一种物质概念，而是一种心灵概念，用你对世界的看法拥抱我对世界的看法，用你对爱情的观念融化我对爱情的观念，一来一往，一招一式，一舍一得，就能看见两人心灵默契的程度。

或许跟最初想像的完全不同，或许从见面第一刻就产生了难以割舍的缘分，或许过招之后就觉得不是同一世界的人……**一盘围棋跟对味的人下，招招有惊喜，若是不对味的对手，难免留下诧异的残局，失去了兴致盎然的乐趣。赏玩世界要寻找到与你对味的棋手才是一件乐事。**

# {13}

## 爱情跨越了时间，会沉淀出深情

爱情是什么？在人生中仿佛触摸不到，又捆绑不了，但是总会让人揪心，产生很多爱恨情愁。说它存在，它不像柴米油盐般具体；说它不存在，心里又会念念不忘。这个时代的爱情有太多浪漫的情节让爱情变得缥缈，过去的爱情总是那么沉默，没有浪漫情节却有生死相伴，把那样的相守称为爱情还是称为命运更合适？无论称作什么，人生沉浮之后的念念不忘都一往情深。

从业期间，总会感悟现代人的爱情，所以很想了解过去人们的爱情是怎么样的。偶有机缘在宁静的乡村中小住了一段时间，听老人们聊起他们曾经的爱情和经历。没有浮动的浪漫，没有空虚的争吵，没有那么多猜忌和顾虑，有的就是一生的陪伴。在念及彼此的时候，深情落泪。

九十岁的玉秀家里佛龛上有一张泛黄的照片——三个哥们站在一棵树下，两位穿着西装，中间那位穿着长衫。

怀旧照片里看不出当时他们的表情和衣服的颜色，这是战火蔓延来之前，吕家三兄弟拍摄的一张照片。那算是玉秀最后的留恋。她总会对着照片笑，中间那位穿长衫的二少爷吕世达就是她念念不忘的人，一个把她从地狱般的生活中拯救出来的人，一个去世了五十年还让她每次提起都会流泪的人。

玉秀出生在一个小村庄，在刚刚能够记事那会儿，小村庄就被土匪洗劫了。土匪带走了所有的小孩。玉秀在土匪窝里像个仆人一样长大，玉秀那个时候天天晚上都以泪洗面，暗无天日的日子只有一个信念就是"活下去"。

长大后，她和几个年轻人奋力从匪窝里逃跑出来。只记得逃跑时是一个夜晚，所有人都异常紧张，一直跑到有人烟的乡镇前谁都没有停下一步。他们七个人坐在村镇门口的牌坊下面喘着气，看着彼此终于笑了。

在这个陌生的村镇，七个人想要生存下来，男孩子只能去做苦力。而玉秀和另外两个女孩子实在是走投无路，听说戏班在招人，她们只好投奔戏班而去。

戏班的沈师傅非常严厉，在那个时代，戏曲属于不入流的行业，鲜有人家会把女儿送往戏班。但她们三人坚韧且有拼劲，在戏班练功学唱有吃有住让她们已经很满足了，比起在匪窝做牛做马幸福得多。

沈师傅异常苛刻，她常说："命不好没关系，如果自己不肯争气，就是一坨烂泥。"每一个动作、每一个唱腔、每一个眼神……沈师傅都非常在意，有任何不对的地方就是一记竹鞭。虽然玉秀身上留有很多条竹鞭抽打的痕迹，但是玉秀却没有掉下一滴眼泪，她咬着嘴唇就熬过了。

最后她成为戏班的名角，每一场《苏三起解》都人气爆满。吕家二公子没有其他的喜好，就喜欢听戏，每次来到镇上都会留恋这家戏院。吕公子很欣赏玉秀的出演，有一次玉秀饰演完毕到后台卸妆的时候，吕公子前来探访。

"你好，很喜欢听你唱的《苏三起解》，我姓吕名世达。"

"吕公子，您好。"玉秀起身行了个见面礼。

"不必客气，玉秀小姐哪里人？"

玉秀笑了笑："没有家，漂泊于此地。"

"师从沈师傅没多久时间吧？就已经有那么好的身手了。"

"不是很久，师傅教得好。"

"哈哈，好，我先走了，下次再来看你！"说完吕公子就走了。

戏班的其他女孩子都凑过来问："这是谁？"

玉秀说："我也不知道……"

很久之后，玉秀才知道，吕世达是大户吕家的二公子，他在另一个城市经营着一家百货楼，同时他会医术，时常救济穷人，有的时候自己背着药箱深夜出去帮人看病。他的货物都是从外省用自己的马帮运过来的。

因为带马帮买货的途中会遇见土匪山贼，所以吕世达学了武术也自学了医术。吕公子时常从外省带来很新奇的玩意、时髦的衣物等，他的百货楼经营得有声有色。他没有继承吕家的任何家业，相对不受家里人控制。除了家里安排他娶了一位太太之外，他没有听从家人其他的话，而是自立门户发展。

吕世达自己不喜欢吕家那些束缚的规矩，他总是跟外省联系，有很多生意往来，消息很灵通，思想也很开放，他从来不认为家里的家丁、仆人低人一等，会尽量给予他们公平的待遇。多余的钱就用来买药材供给新开的药房。因为救过很多穷人，所以吕世达的声誉很好。

吕世达常常来听戏，每次来都会给玉秀带一些有趣的新玩意，比如新的胭脂、雪花膏、新的帽子、扇子，等等，吕世达也不说什么，总是在后台跟玉秀聊聊天，然后回家。有一次吕世达来了很久，一直听玉秀讲着最近新学的段子，但是世达有些心不在焉，他问玉秀："愿不愿意跟我走，离开戏班？"

玉秀有些惊讶："可以吗？"

"有什么不可以，反正那个家我也很难融入。"

"愿意啊，就怕给你添负担。"

"和你聊天，听你唱戏，大致是我最愉快的事了。人生那么短，何必在意那么多。"

玉秀点了点头。

玉秀找沈师傅和戏班主辞行的时候，戏班主看着吕公子掏出的白花花的银子，两眼就直了，倒是沈师傅有一些不舍，她说："日子好好过，有空继续练练功，也不荒废。"玉秀抱着沈师傅哭了，想起被打后，沈师傅总会为她敷药，也确实有些舍不得，她知道沈师傅再严厉都是为她好。玉秀挥别戏班，跟着吕世达坐上马车就走了。

在回到家之前，吕世达让一个丫环陪着玉秀去旅馆的一个房间，她推开门的时候，床上放着凤冠霞帔和红色盖头。按照当时的习俗，戏子做二房是不可能穿正装进门的，但是吕世达不太在乎，他想让玉秀漂漂亮亮地进自己的家门。玉秀换上新衣服，把旧的衣服放进包裹，丫环小雪接过包裹说："玉秀小姐，我来拿，我帮你盖上红盖头吧。"

　　玉秀在戏里穿了很多次凤冠霞帔，盖了很多次红盖头，照理说不觉得有什么新鲜，但是这一次她特别慎重，连迈步都很谨慎，非常珍惜这件红嫁衣。

　　坐进车里，吕世达看着她，没有掀盖头只是静静地说："前面一会儿就到家了。"

　　车子进入一条巷道，那里是吕世达的别院，下车后，他伸手牵玉秀下车："来吧，我们的新家。"

　　玉秀盖着盖头被吕世达牵着走进小院，吕世达掀开她的红盖头说："看，你未来要住的地方，开心吗？"

　　玉秀点点头，很开心地笑了。

　　吕世达从口袋里掏出一对玉镯子，给玉秀戴上，他说："不行那些繁琐的礼数了，戴上我给你挑的，今天起，你就嫁进吕家了。"说完吕世达就抱起玉秀，把她抱进二楼的新房。那天起，这里就成了两人幸福的居所。

　　吕世达的父亲之前就关照过了，不同意玉秀进门。可是吕世达完全不在乎这些，他依旧在自己的小院生活。


　　玉秀生命中最美好的时光大抵就是那阵子了。她相夫教子，安居乐业。她开始学刺绣，听广播，识字读报，每天早晨起来还会练嗓子，傍晚的时候还会练功。

很快他们有了孩子，从嗷嗷待哺到活蹦乱跳几年的时间，吕世达和玉秀有了三个儿子、一个女儿，生活更加繁忙，吕世达除了打理生意之外，还要忙碌着照顾孩子。玉秀对世达非常体贴，每天吕世达回来之前她就会准备好热水，方便他回来泡泡脚、解解乏。

玉秀一般情况下都会等吕世达回家之后再睡觉。熬夜的习惯也是从那时开始的，有时夜很深了吕世达还没有回来，玉秀就会起来站在门口等一等。有时候吕世达回来的时候看见玉秀在门口冻着就很心疼地不让她在外面等，但是下一次玉秀还是会等，所以后来吕世达尽量不约晚上的局。

那个时代的女子，除了在衣食住用行、孩子教育方面有点事情做，基本没有什么生活内容，太过乏味，玉秀就开始和几个丫环鼓捣刺绣和缝纫。


有一天，吕世达带着马帮像往常一样回来了，他对玉秀说："大事不好，可能要变了，我们要收拾一下，看看能不能往香港走。"

"发生什么事了？"

"外面省份那些朋友都被抄家了，财产没收，人被批斗……幸好我们走得快，不然也危险，这边应该很快了……我们赶快收拾东西吧。"

"怎么会这样？"

"不用问这些，收拾重要的东西准备走。"

玉秀点了点头，火速上楼准备小孩的行囊。吕世达跨上马，前往吕家大院，他想赶快告诉父亲发生的这一切，请父亲有所准备。吕世达万万没有想到，他进了吕家大院，院门就关上了。

"我听说，你又带着你的马帮出去了，回来后跟邻居们说什么要变了，弄得人心惶惶成何体统？你给我跪下……"

"爹，你听我说，外面时局真的变了。我那几个出货的朋友都被打成反动派，每天游街示众。听我一句，赶快收拾东西，往香港走吧！"

"你还说这些胡言乱语，本来你就不该跟他们有往来，好好的田地不管。来人，帮我把他捉住！"说完老爷拍桌子叫人，只见家里几个强壮的仆人前后夹击把吕世达按住了。

"把他给我关马厩里，没有我允许任何人都不能释放他。"

"爹，你快去听听外面的风声吧！大哥、三弟你们赶快准备撤！"吕世达被强行推着往前走，他大声喊着，"放开我！放开我！"

但是没起任何作用，父亲很生气，大哥、三弟不敢吱声。整个家里顿时安静得没有任何声音，谁都不敢劝说吕家老爷。

玉秀听见小雪跑回来说："不好了，吕少爷被老爷关起来了，不让他出来。"

"是怎么回事？"

"少爷进去后，想劝老爷带着全家去香港，老爷动怒说少爷说胡话，扰乱人心，就把他关起来了。我们怎么办？"小雪一边说一边哭。

"等我去看看！"玉秀说完披了一件外套就出门了，一路小跑到吕家。

两个家丁拦住玉秀，玉秀说："让我进去，我找吕少爷。"

"不行，老爷说了不能让你进门！"

"我要见吕少爷……世达……世达……"玉秀一直在叫，惊动了吕老爷，他刚刚的火气又被撩起来了："谁在外面大喊大叫！"

"是玉秀小姐。"

"什么小姐，去把我三个孙子带回来！其余一概不理会！"吕老爷这下动了真格。

玉秀还在门外想要进去见吕世达，这边一帮子家丁朝着两人的小院走去，火速带走了三个小少爷。玉秀和小雪两个人完全没有办法，只能眼睁睁看着自己的儿子们被带走，吕家大门关上的时候，无论玉秀怎么在门外哭喊都没有任何作用……

哭喊了很久，玉秀也死心了。小雪搀着她回小别院去等待。管家小李回来，听闻了发生的一切，他说："这个地方不能久留，我随少爷去其他省份的时候，见到很多……我先带你们离开，然后找人给少爷传消息，然后他出来后会来找我们的。"

玉秀抱着女儿哭了好久，不肯走。小雪劝她说："玉秀姐，要活下去才能再见到吕少爷！走吧，先找安全的地方去暂住。"

小李说："是啊，玉秀小姐。少爷就是让我去打听合适的地方，我刚找到才回来，我带你们去，然后找人给少爷捎消息。"


他们连夜坐上小李的马车离开了吕家小院前往另一个城镇。吕家大院还是很安静，除了吕世达知道即将到来的风暴之外，其他人像往常一样觉得吕家大院都是安全的。

玉秀在小李的陪同下在城镇安顿好，他们来的时候已经换上朴素的穿着，小李提前做好了各种安排。城镇里熙熙攘攘，到处都是大字报，处处都是红卫兵，一瞬间，这片土地完全就像玉秀不认识一样。她看着有人被捆着游行，头上带着尖尖的帽子，人们是那么狂热且躁动，她感受到那种强烈的不安，她对小李说："你快让人去联系吕少爷，让他快点离开吕家大院，那里不安全！"小李说："我已经找人去告知了，我还在等消息。"玉秀紧紧抱着女儿，她心里现在最担心吕世达，默默祈祷千万不要遇见同样的事情。可惜她不知道这个时候的吕世达正在经历着她所畏惧的。

　　吕世达被各种语言谩骂，接受拷问，接受责难，接受审判。一切来得太快，吕世达只能咬着牙忍受，最初吕世达还会用愤怒的眼神看着周围的一切，最后只有疲倦、无奈和绝望⋯⋯

　　一波一波的人来到吕家大院，吕家大院就这样一瞬间分崩离析，吕老爷最后在呜咽中断了气，吕世达也在送回家后没多久，久病难医去世了。他在去世前没有再遇见玉秀，小李派来传信息的人在中途被突如其来的变化吓跑了⋯⋯


　　吕家的院子还在，只是空荡荡的，几个孩子跟着吕老爷的原配在这个院子里生活，好在院子里的石榴树还在，好在院子里的马厩还在，好在还有能够重新生活的人丁和双手。吕家上上下下还剩下十几口人，扛麻袋，敲石头，搬砖头，开始了新的生活。

　　二十多年过去后，一切恢复宁静，玉秀带着亭亭玉立的女儿再回到吕家大院，看见了自己的三个儿子。二十多年间，她靠着缝纫一步一步维持生计，养育女儿，小李也一直在身边守护着。三个儿子，一个学会了医术，一个学会了开车，一个学会了体育技能，都已经成家立业。冲散的亲人二十多年再度相遇的时候，感触太多，血浓于水的感情让吕家人凝聚在一起。

　　玉秀还是那么想念吕世达，那么多年她佛龛上一直放着那张照片，她哭着说："那会在土匪窝里一直哭一直哭，想着命为什么会那么苦……世达是个好人……待人很好，常常救济那些贫困的人，对我是真的好……"每一次刚一开口就已经泪流满面，泣不成声。

　　至今她最爱的还是《苏三起解》，她总会说那是世达最爱的曲子；那一对玉镯她一直戴着，她总会说那是她出嫁的时候戴上的，虽然藏了很多年，但是现在戴着它还能想着世达的好；至今她最爱做的夜宵是糯米汤圆，她总会说世达最爱吃，每次吃都会说好糯……所有的记忆离她快有半个世纪了，但是她最珍藏的就是那段记忆，每每念及都会有很深的感触。

　　他们的爱情，没有太多的浓情蜜意，没有太多的沟通认定，没有两人的追逐争吵，但是跨越半个世纪依然想念故人，那个时代的爱情需要慢品默读，从平常生活的点滴中阅读，总会发现不激烈却深沉得念念不忘的时刻。

# 后记
## 让时间给爱情温度

　　熙熙攘攘的城市中每天都会上演无数段平凡的相遇和相守，记忆中会有很多故事就这样掩映在岁月中，在某些时刻会让人唏嘘。每一场婚礼都会有被感动的地方也会有一些让人记忆深刻的地方。在现代的爱情里，或许人们容易迷失，人们容易选择，人们也容易忘记。但每次想起村落中那些拄着拐杖携手前行的老人，我就会猜想爱情在他们心中是怎样的。

　　他们从来不会告诉我那就是爱情，他们说起时认为那是日子，但是细细品味，那是一种随时间沉淀而来的深情，没有两性的追逐痕迹，却有着爱的相守。

　　记忆中有一位与玫瑰结缘的老者，他的爱情让我回味良久，放在后记中结束这一趟心灵之旅。

　　他有一个习惯，每天清晨起床后就会到院子里坐着晒会太阳，为自己种的玫瑰浇一浇水，纵然他已经98岁高龄，依然如故。

陶奕文老先生的花园中只种了玫瑰，颜色很正的红玫瑰。玫瑰盛开的第二天，陶奕文老先生会把玫瑰花瓣摘下来精细处理之后，放到罐子里酿玫瑰花露。老伴还在身边的时候，他每天早餐会煮两个糖水鸡蛋，然后在里面放上玫瑰花露，两人就着牛奶和糖水鸡蛋完成一顿很普通的早餐，这样的习惯在可实现的情况下，坚持了大半辈子。

现在每天清晨只有陶先生一个人吃早餐，赏玫瑰，他总会念起："那时我们一起吃早餐，她总觉得不够甜，所以我酿玫瑰蜜给她。"陶奕文97岁的时候失去了黄香惠，那个15岁起就陪伴在他身边的人，风风雨雨经历了一生，她从来都很沉默，很多场合都没有听过她讲话。

她15岁时出嫁，黄家是当时的名门望族，拥有着当地最多的船只，就是这个镇上河流的垄断者，南来北往的船只让黄家收获颇丰。陶家以采矿和田地为主业，黄家想结一门稳定的亲事就看中了陶家二少爷，陶家二少爷当时18岁诗书满腹，而且即将送往军校学习。他长相俊朗，一表人才。黄老爷想要自己的家族有一些文绉绉的底蕴，而正好陶家很欣赏黄老爷的豪迈，两家就顺利结成亲家。

15岁的黄香惠一直都待在自己的深闺中，结婚那天，她还是第一次坐着船只从镇子的东边抵达镇子的西边，她也是第一次那么仔细地观看两岸的人情风貌。怀揣着紧张感，只听爹爹说他是一位很出色的人，但究竟有怎样的长相、人品……完全不得而知。她只是默默地接受着这样的安排。

船桨翻起的浪花荡开一层一层的涟漪，她听到鞭炮劈里啪啦的声响，也听到敲锣打鼓的喧嚣，只知道新郎站在第一条船的船头，意气风发地载着她往新家走。路边的人看着她在笑，她马上放下了红盖头，端坐在船上，周围的丫环们都笑了。她也甜甜地笑着，她一直都是这样，静静柔柔地偷看这个世界。

结婚的船队抵达陶家院外，喜娘从船上把新娘扶出来，给新人系上红绸缎，陶奕文一直在前面牵着，黄香惠就静静跟在身后，红色衣装裙摆随风在摆动，衣服上的穗子、挂饰都在晃动。

迈步进入陶家的四合院，两人在堂前拜天地，庄重严肃。陶老爷仁爱有加，常常照顾邻里，这次二儿子大婚，周围的邻居都涌来凑热闹，整个院子两边都站满了人。仪式举行完毕之后，两人往堂后的别院走，香惠由丫环带着往前走，陶奕文看着香惠的背影，他从来没有想到过多年后他依旧会想起这一幕。

宁静祥和的生活很多时候是一种幻觉，那个时代所有的一切都在频繁变动着。结婚没几天，陶奕文就进入军校，在军校里每天都是辛苦训练。后来日军侵华战争开始了，陶老爷担心儿子会上前线，就把他硬是从部队拉回来。

战事在全国蔓延开，八路军组织了精锐部队保护乡镇，好在这里偏远些，敌军入侵也没有那么深入，这里不是兵家必争之地，有过几次交锋，百姓都躲在自己家里，没有经历扫荡和枪林弹雨。乡民对八路军特别感恩，在镇上建了一个烈士陵墓，感谢那些帮他们保卫家园的人。

陶奕文上了军校却没有参军，心里总有些遗憾，他回到家里让陶家上上下下颇有安全感。但他背着陶老爷偷偷参与了几次交锋，只有一次被射到了手臂，在前线快速处理好伤口，他又偷偷跑回家。在自己的房间，只有香惠发现了这一切。香惠一边帮他处理伤口一边默默掉眼泪，最后说了一句："下次，你还是别去了。"

"我有责任保护家园。我经过军事训练，你放心。"

"老爷发现了，会很生气。"

"快完了，听他们说，再过一段时间，鬼子们就要撤走了，嚣张不了多久。"

"过日子，平静就好了，哎。"

陶奕文尽量避免运用手臂，以避免被父亲发现，于是常常躲进阁楼读书，在战火纷飞的年代里，他有闲暇就静下心来阅读阁楼上的藏书。他说阅读让他忘记了战争，手臂上的枪口会提醒他如果不进步就会挨打。前线传来抗战胜利、日本人投降的消息，村庄里大宴宾客三天三夜，伤势好了的陶奕文第一次那么投入地准备宴席。和战友坐在一起，陶奕文异常开心，从来没有那么放开自己畅快喝起来。

战后宁静的日子里，陶奕文一直练习书法，他或许没有想过今后的日子，正是这一笔好字为他谋得了生计。

陶奕文在庭院后面写字，香惠就在旁边研墨，奕文很喜欢香惠安安静静地守在身边。两人感情很好，相敬如宾，他们渐渐有了四个儿子、一个女儿。

后来，曾经的大富之家因为人丁丰盛，实在没有人再有能力掌控全局，于是陶家也罢，黄家也罢纷纷都分家了，每一家谋求各自的生计。陶奕文想起来很感触，当年浩浩荡荡的迎亲成为人生辉煌的巅峰时刻，后来的落寞也是一种顺其自然发展的状态。他说起当时："祸福相依，总以为没落了是一种衰退，但也正好是这种家族分散、各自为政，才在后来躲过一难。'文革'席卷而来的时候，两个大家族都分散成为小家小户，都在务农养活自己，所以说世事难料。"他又陷入回忆中。

那个时候最苦恼的是人太多，饥饿像幽灵环绕着每个家庭，"吃不饱""饿"的声音几乎不绝于耳，四个儿子中有两个到大一些的城市谋生，剩下三儿子、小儿子和女儿在身边。

"文革"结束之后，儿孙们发展很快，在外省的儿孙们进入高等学府飞黄腾达，在乡镇跟着陶奕文的儿子女儿们也终于凭借着自己的勤劳富裕起来。但是陶奕文一直依靠自己，帮人写门帖或者字画，手工制作镯子，收购头发，在他六十岁的时候成功开起了镇上的第一间小卖部，这个过程中黄香惠一直都守在奕文身边。奕文连夜写帖子，她就一直研墨；奕文收购头发，她就一直帮忙磨针；奕文打磨手镯，她就帮助收拾边角余料同时料理火房事务……奕文总有一种责任，不能让香惠挨冻挨饿。

有一天他路过镇上的布料摊子，看见一块很喜欢的布料，他买了下来，带回家送给香惠，香惠说："那么大年纪了，买这个干么？"

"做一身衣服吧，好久没有添新衣服了。"奕文一边抖着自己的水烟筒一边说。

那时候孙子、孙女们才刚刚开始穿上军绿、深蓝之外其他颜色的衣服，奕文就用存了很久的钱为香惠买了布料做衣服。香惠自己裁裁剪剪做了一件盘口的上衣。她那个年纪的女子都是小脚，裤子只能穿那几种颜色和款式，但是上衣可以更换。她换上后，也没有问奕文好看不好看。但是奕文看见了，满意地点了点头。

　　两人生活里每天必定会做的事，就是早上用小锅煮糖水鸡蛋，年景不好的时候没有办法，年景好了，奕文清晨拄着拐杖绕着屋子走一圈之后，就会回到房间开始准备早餐。香惠总是会晚起一会儿，叠好被子之后，两人坐在小餐桌前开始吃糖水鸡蛋。有一天早餐，香惠吃着鸡蛋说："不知道是不是老了，总觉得味道很淡，吃不出甜味。"

　　奕文笑着说："跟老没有关系，糖不好。"

　　这件事奕文记下来，他到镇上糖铺尝了很多种糖的味道，他自己都不是很喜欢。他想起小时候家里有一种玫瑰花露，具体做法也忘记了，只记得当时母亲会放在糖水鸡蛋里或者偶尔泡水喝。于是，他开始琢磨用院子里的玫瑰花来酿花露。找机会他问了原来的老街坊，大婶告诉奕文这种花露的做法，他回到家开始尝试。

　　香惠见状走过去，接过奕文手中的小簸箕，把玫瑰花瓣轻轻洗干净后，她将玫瑰花切成小片，然后把玫瑰花瓣和冰糖放在锅里小火慢熬，变浓稠之后再舀起盛着。香惠做完后，让奕文尝了尝，奕文点点头说："很甜，你早上就不怕味道清淡了。难得你还记得玫瑰花露的做法。"从此之后，两个人又多了一样物件，瓶子装着的玫瑰花露。

　　年岁已高，奕文想安安静静地和香惠度过最后的时光。有时候老两口会相互搀扶着在院子晒晒太阳，有时候会在院子周围转转运动一下。

一天下午，两人午休起来后，打算到院子附近坐会儿，奕文听见房门外小孩正玩得愉快，叽叽喳喳。旁边刚刚拆了猪棚，挖好了地基坑准备盖一个公共厕所，前两天下了很多雨，估计都积在坑里了。奕文刚想起要提醒二儿子找人来处理一下水坑的水，往外慢慢走的时候突然听见"兔牙掉水里啦，救命啊！"的声音。

九十几岁高龄的他拄着拐杖快步走了过去，一看情况，干脆跳下坑里，水淹到脖子，在水花翻腾的地方，他一把抓住了小孩子，把他从水里拉出来，然后推着他爬上去，小孩上去之后，他喘了口气，站在水里休息，跟着过来的香惠说："你等着，一会儿就有人来了……这些小孩……"一边说着一边哭着叫人。

奕文从水里被救上来的时候都有些晕厥了，他朦朦胧胧听见香惠的哭声，香惠呜咽着说："你可千万不能走……留我一个人……千万不能……"

但是谁也没有料到香惠会先去世，香惠因为心脏病而离开了，奕文拄着拐杖在医院坐了好久，手一直牵着闭上眼睛的香惠，儿女们让他离开，他一言不发就坐在那里，闭上眼睛的时候眼泪哗哗流了下来。后来谁都不敢出声，静静陪着老人坐在那里……

香惠走后，大家都担心奕文一个人孤单或者情绪不好，但他还是像往常一样作息，早上起来还是会煮糖水鸡蛋就着玫瑰花露，还是会在庭院里教育没有写好大字的孙子。只是每天早上他起来的时间比往常晚一些，坐在院子的时间也短了一些，还常常会叹气。

香惠的葬礼需要家里人做的一些物件，筹备的一些衣服，奕文都仔细看着，那些天他异常有精力，早上和晚上都会去看家人的筹备。

有一个傍晚所有物件都准备好了，奕文一个人拄着拐杖一步一步走到那些准备的纸钱、衣服、纸花圈……旁边，他摸摸那些纸做的房子、车子、家具等，然后坐在一旁的椅子上，把拐杖移到正前方，拄着慢慢看着周围的一切，突然老人呜咽了，眼泪流下来的时候，他说了一句："你怎么先走了……不知道孤不孤单……"说完叹了口气。

　　就在香惠去世后一年，奕文也去世了。他去世的时候很多乡邻都来慰问，有一些乡民感谢当年他帮忙免费写门帖，免费帮忙取名字，还送过米、书等给小孩子。很多人前来参加他的葬礼，送来的花环摆在门口，后来摆到对面马路上，纸絮满天飞，哀乐缓缓播放，盛大的葬礼结束以后，整条街恢复了往日的安宁。


　　奕文和香惠之间是爱情吗？没有见过面就结成今生不会分开的缘。生命中的起起伏伏、轰轰烈烈、甜蜜的、辛苦的……两个人牵着手一路走过来了。我认为那就是爱情，不是甜言蜜语，不是彼此征服，而是宁静相守经历生命中那些风浪。

　　或许是那些时代铸就的爱情品质，朴素且实在，那样的时代两个人牵着手奋力挣扎，根本没有时间来思考个人的发展、未来的前景，在沉沉浮浮之间喘息。或许正是这样的经历给了爱情最坚实的基础，什么都可以被时间带走，但是两人共同经历的生活是谁都带不走的。

　　我们的时代里，爱情总是与许多因素联系在一起，但那究竟是一见钟情后的相互妥协，还是细水长流后的感恩？是一直合拍的默契相守，还是两家旗鼓相当的维系……有太多种方式的爱情和恋爱的过程，究竟有没有一种很单纯的爱情——因为你是你，所以我就爱着你。

# 特此鸣谢

WILL MATCH

大头虾WillMatch婚礼摄影

Jack婚礼摄影

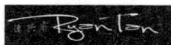

谭兴睿婚礼摄影

COLIN WANG

七月远景婚礼摄影

LOOKING LOVE
G R O U P

looking love 婚礼摄影

萝亚婚礼

STAR PLAN
DESIGN STUDIO

Starplan星计画工作室

感谢以上企业为本书提供精美图片，特此鸣谢。

注：全书图文无关

**图书在版编目(CIP)数据**

向爱则暖/范云鹤著.—武汉：武汉大学出版社，2016.4（2019.8重印）
ISBN 978-7-307-17730-7

Ⅰ.向… Ⅱ.范… Ⅲ.故事－作品集－中国－当代 Ⅳ.I247.8

中国版本图书馆CIP数据核字（2016）第065117号

责任编辑：吴丹　刘汝怡　　责任校对：向瞳　　版式设计：刘珍珍

出版发行：**武汉大学出版社**　（430072　武昌　珞珈山）
　　　　　（电子邮箱：cbs22@whu.edu.cn 网址：www.wdp.com.cn）
印刷：阳谷毕升印务有限公司
开本：880×1230　1/32　　印张：8.25　　　字数：190千字
版次：2016年4月第1版　　2019年8月第2次印刷
ISBN 978-7-307-17730-7　　定价：45.00元